つめ灸

(二)からす天狗

金子成人

幻冬舎時代小説文庫

小梅のとっちめ灸

（二）からす天狗

DTP　美創

目次

第一話　からす天狗　9
第二話　赤い月　79
第三話　消えた男　153
第四話　虎の尾　220

雷門
大川橋
駒形堂
北
0
1000m
東雲亭
浅草御蔵
柳橋
本所
両国橋
竪川
大
川
高砂橋
新大橋
高橋
小名木川
万年橋
箱崎
木島屋
仙台堀
永代橋
油堀の猫助の家
深川
永代寺
三十三間堂
富ヶ岡八幡宮
蓬莱橋
三春屋

不忍池
湯島天神
神田明神
(日本橋高砂町)
薬師庵
お玉の家
浜町堀
高砂橋
鬼切屋
(日本橋竈河岸)
神田川
時の鐘
浜町堀
江戸城
日本橋
拡大図へ
北町奉行所
日本橋
日本橋川
箱崎
湊橋
南町奉行所
霊岸島
築地
秋田金之丞家
本願寺

地図制作：河合理佳

第一話　からす天狗

一

武家地を南北に貫く下谷練塀小路を、北風が一瞬、すっと通り抜けた。

十五日の七五三の祝い事も済んだ、天保十三年（１８４２）の十一月二十五日である。

強い風ではないが、頬を撫でるように吹く風も、日ごとに冷気が増していた。

この時季は、突然旋風に見舞われて着物の裾がまくれることがあるのだが、細身の裁着袴に下駄履きの小梅は、風を気にすることなく歩を進めている。

日本橋高砂町の自宅で療治に当たる時も、出療治の時も、動きやすいように裁着袴を穿くことにしていた。

あと数日で師走を迎える江戸の町は、人が足早に行き交っている。

木挽町の森田座は顔見世興行中だったにもかかわらず、お上の命によって、この十一月早々に浅草の猿若町へ移転する事態となっていた。

さらに、琉球王国の正使副使が江戸入りをし、将軍家慶に拝謁したり、上野東叡山への参拝をしたりで、表通りも裏の小道も、普段と違う忙しさが感じられていた。

小梅と母親のお寅が灸師を務める『灸据所　薬師庵』は、午前はやって来る客の療治をするので、出療治は午後からというのが建前だった。

ただし、外歩きを嫌がるお寅は、「足元も手元も不如意のあたしが、往来で小石に躓いて転んだりしたらどうするんだい」とか、「お前に迷惑をかけるのは悪いから」などと、脅しと泣き言を繰り出して、出療治は小梅一人に押し付けていた。

小梅が向かっているのは、御家人の屋敷である。

産後五日の御新造が、頭痛に悩まされているとのことだった。

かかりつけの産婆が、急遽産気づいた別の家に呼ばれて行ったので、とりあえず灸で頭の痛みを和らげる方策を取ることにし、『灸据所　薬師庵』に出療治の依頼が来たのである。

その御家人の屋敷は、伊勢国津藩、藤堂和泉守家上屋敷の豪壮な普請が間近に見える武家地の一角にあった。

何石取りの御家人かは判然としないが、四、五部屋はありそうな平屋の屋敷の棟門を入った小梅は、正面にある一間半（約二・七メートル）ほどの式台に立って声を上げた。

玄関に現れた下女は小梅が『灸据所　薬師庵』から来たことを告げると、

「こちらへ」

と、先に立った。

下女に続いて控えの間を通り抜けると、障子の閉め切られた六畳の間に通された。

日の光に輝く障子の傍らには、二十二、三くらいの、髪を垂らした若妻が暗い顔をして、積み重ねられた布団に背中を凭せかけて両足を伸ばしている。

「『薬師庵』から見えた灸師です」

下女は、若妻の近くに膝を揃えている四十半ばほどの老女に声を掛けて、部屋の隅に控えた。

若妻の足元近くに置かれた火鉢には、湯気を立ち昇らせている鉄瓶が掛かっていて、部屋の中には暖気が満ちている。

襖で仕切られた隣りの部屋から、一声二声、赤子の泣き声がした。

「先日生まれた子は、隣りで寝ておりまして」

額に膏薬を塗った布を貼ったままの若妻が、息をするのも苦しげに、そう告げた。

「赤子は、お健やかなようで」

「ええ。それはもう」

小梅の問いにそう答えたのは、老女である。そして、

「二年前に嫁いできた時分は体も丈夫であったのですが、いささか難産だったせいか、頭が痛い、胸が焼けるなどと、気弱なことを口にしましてね」

その物言いは穏やかだが、言葉の端々に、ちらりと不満の棘が窺えた。

お寅と年恰好の似た老女は、子を生した若妻の義母だと思われる。

「はぁ」

若妻は、小さく苦しげに息を継いだ。

若妻には申し訳ないが、額に貼られた四角い大判の布に、膏薬が黒く染みになっ

て滲んでいるのがなんとも滑稽で、小梅は笑いをこらえるのに四苦八苦している。

額に貼られている薬のことは、知らないわけではない。

出産時と産後において、女子にとって血の道の障りは気になることであった。

一命に関わることもあり、産婆の多くが薬を貼るのを勧めているが、効能があるのかどうかは不明である。一袋四十八文（約一二〇〇円）の膏薬で妊産婦の気休めになるのなら、無駄とは言えまい。

「頭が痛いと聞いていますが、どの辺りが、どんなふうに痛いのですか」

「頭のそこら中が重くて、なにやら、締め付けられるような痛みがキリキリと」

若妻は、小梅の問いかけに答えながらも、顔を歪める。

「分かりました」

おもむろに返事をすると、小梅は道具箱の三つの引き出しを開けて、線香と線香立て、艾、燃えた艾の滓を掃き取る刷毛、手拭いを次々と取り出し、灸の支度を整えていく。

「当家では、灸を頼むのは初めてのことであり、卒爾ながら、施術の値は如何ほどか聞いておきたいが」

老女は率直な口を利いた。

「灸の療治代は、一か所につき、二十四文（約六〇〇円）です。こちら様のように、頭の療治だけですと、灸を据えるツボがいくつあっても二十四文です。そのほかに、腰の痛みを和らげたいということになると、二か所ですから、合わせて四十八文をいただきます」

按摩は上下の揉み代が大人で四十八文だから、灸の代金が取り立てて安いとも言えず、また高いということもなかった。二か所に灸を据えれば、按摩の値と変わりはない。

小梅は、不眠や首肩の凝り、血の道、気鬱などに効くツボを言い連ねると、

「頭の痛みを取り除くには、頭の頂点にある『百会』、首のツボの『風池』『天柱』に据えますが、ツボは三か所とは言え、頭痛の療治一か所ですので、二十四文いただくことになります」

頭痛に効くツボの名称を口にしながら、若妻の頭頂部や首を指で押して、その場所を伝えた。

「ならば、今日は、頭の痛みを取り除いてもらいましょう。それでよろしいな、加

恵さん」

「義母上、実はこの三、四日、夜中に何度も目が覚めることもあり、眠ってもその眠りが浅く、なかなか眠ったという気がしないのでございます」

若妻は絞り出すような声を洩らすと、姑に頭を下げた。

「眠りの妨げを治す療治はありますか」

「ございます」

小梅は、老女の問いかけに間髪を容れず返答した。

「となると」

老女の呟きは恐らく、療治が二か所に及べば、療治代が倍になることへの躊躇いだと思われる。

「女子の体は、産後はことに気をつけた方がよいかと思われます。眠りが浅いと疲れが溜まり、他の病を引き起こしかねませんので、お気をつけなさいまし」

躊躇う老女に向けて、小梅は殊更労るような声を投げかけた。

何か言いたげに、小さく動かした口先を尖らせた老女は、

「では、眠りの療治も」

渋々、追加の灸を受け入れた。

「承知しました」

老女に向かって恭(うやうや)しく頭を下げると、

「不眠のツボの『失眠(しつみん)』は、足の裏のここにあります」

若妻が伸ばした足の裏の踵(かかと)に近い辺りを、親指で押す。

すると、

「はぁ」

眼を閉じた若妻の口から、心地よさげな声が洩れ出た。

二

小梅の住まいは、日本橋高砂町にあり、大川へと通じている浜町堀(はまちよう)の西側に位置している。

平屋の一軒家には大小の部屋が三つと台所、それに二畳半ほどの庭もあって、母親のお寅との二人暮らしには勿体(もったい)ないくらいの広さだが、出入り口脇の四畳半の部屋は、『灸据所　薬師庵』の療治場として使っている。

普段は居間として使う六畳の部屋は、時として療治に来た客の待合所にもなっていた。

『灸据所　薬師庵』のある高砂町をはじめ、駕籠屋新道、難波町界隈には、かつて吉原と呼ばれていた遊郭があった。その遊郭は、今から百八十年以上も前の大火事で焼失したのち、千束の日本堤に移されてからは、その地が新吉原とも北里とも言われ、以前の吉原は元吉原と称されていた。

下谷練塀小路近くの御家人の屋敷での療治を終えた小梅が、高砂町に戻って来たのは、日が西へ傾いてから一刻（約二時間）以上が経った頃おいである。

大門通を南へ足を向けていた小梅は、高砂町の辻で東に折れ、我が家へと向かった。

小路に面している我が家の、出入り口の障子戸に手を伸ばしかけて、ふと、異変に気付いた。

戸口の脇には『灸据所　薬師庵』と記された細長い看板が掛けられている。

だが、その看板の横には『やすみます』と記された小さめの札が掛かっていたのだ。

「おっ母さん」

勢いよく戸を開けた小梅は、家の奥に向かって声を張り上げた。

だが、返事はない。

小梅が出療治に出た後は、『薬師庵』にやって来る療治客の相手はお寅が受け持つというのが、前々からの取り決めだった。

にもかかわらず、おっ母さんは――小梅が腹の中で怒りの声を発したその時、

「小梅ちゃん、どうしたんだい」

すぐ近くで声を掛けてきたのは、盤台を提げた天秤棒を担ぐ、魚売りの常三だった。

「いま帰ってきたら、勝手に休みの札を掛けて、おっ母さんがいないもんだからさぁ」

「なんだ、せっかく面白いこと教えてやろうと立ち寄ったのによぉ」

常三は、いかにも残念そうに顔を歪めた。

「面白いことってなんですか」

小梅はつい問いかけた。

「ほら、『薬師庵』の常連でさ、瀬戸物屋の旦那に囲われてる女の家に、たった今、女房と跡継ぎの倅が乗り込んで来たんだよ」

常三が口にした囲われている女というのは、もとは木挽町の芸者だったお玉に違いない。囲っているのは神田の瀬戸物屋の旦那だと聞いたことがあった。

「旦那の女房とその倅が乗り込んで来たからにゃ、揉めるぜえ。大揉めだよぉきっと。続きを見たかったが、魚を届けなくちゃならないから、泣く泣く引き上げてきたところだよ。小梅ちゃん、修羅場を見てきて、後でおれに教えてくれないか」

「わたしだって、見てみたいけど、おっ母さんもどこかへ行っちまってるしさぁ」

「いいじゃねぇかもう、休みの札が掛かってるんだからよっ」

常三が、『やすみます』の小さな板切れを指さした。

「分かった。わたしが見て来るよ」

「それじゃな」

常三は声を掛けると、前後の盤台の紐を摑んで浜町堀の方へと駆け出し、小梅は急ぎ、反対方向の大門通へと足を向けた。

『薬師庵』とお玉の家のある『玄冶店』は、ほんの一町（約一一〇メートル）ほどしか離れていない。

そこはかつて、三代将軍家光の頃、御典医を務めた岡本玄冶の拝領屋敷があった場所である。その後、更地になった屋敷跡に多くの貸家を建てて庶民に貸したことから、その一帯は『玄冶店』と呼ばれるようになったと聞いている。

そこの住人であるお玉が『薬師庵』に通うようになったのは半年くらい前で、不安と焦りを抱えていて、時々、動悸がするのだと訴えた。

話を聞くと、五年前から世話になっている瀬戸物屋の旦那の様子がおかしいのだと口にした。このところ、やって来るのが間遠くなったし、現れても腰が落ち着かず、楽しそうな顔もしないのは、「あたしに飽きたせいではないか」と気を揉んでいた。

そんなお玉にはいつも、気の巡りをよくする『気海』や『期門』に灸を据えていたのである。

大門通を突っ切って新和泉町の小路に入った小梅は、橘稲荷へ通じる小道を左へ折れた。お玉の家が橘稲荷の隣りにあることは、以前、本人から聞いていた。

橘稲荷の敷地と境を接するお玉の家の格子戸は開け放たれ、近所の女房たちや通りがかりらしい物売りたちが固まって、格子戸の少し先で開いている家の戸口を物見高く覗いていた。

すると家の中から、何かが落ちる音がして、

「いったい何をするんですかっ」

聞き覚えのある甲高いお玉の声が表まで届くと、

「この泥棒猫がぁ！」

年の行ったような女の金切り声も響き渡り、畳を踏む音や襖にぶつかる音が続き、

「二人とも、ちょっと待っておくれよ」

うろたえた若い男の声まで加わった。

「男もいるのかい」

聞き覚えのある声に気付いて野次馬の中に眼を向けると、お玉の家を覗き込んでいるお寅が、横に並んでいる『薬師庵』の常連のお菅に問いかけていた。

「だから、旦那の倅がおっ母さんに付いてきたって言ったじゃないかぁ」

お菅が呆れたように口にすると、

「あぁ、あれが瀬戸物屋の跡継ぎかぁ」

うんうんと頷いたお寅は、腹の前で両方の袖を合わせ、両手をその袖口に差し入れた。

「おっ母さん、勝手に休みの札下げて、家を抜けたねっ」

小梅は、お寅の横に立って不満をぶつけた。

「客も途切れたところだったしさぁ」

お寅は悪びれる様子もなく、お菅と顔を見合わせて頷き合う。

「だって小梅ちゃん、神田鍋町（なべちょう）の瀬戸物屋の女房と倅が、お父（と）っつぁんの囲い女の家に押しかけて来たんじゃないか。面白い見世物を見逃す手はないと思うがねぇ」

お菅が真顔で肩を持つと、

「そうだよ。こんな一場は、滅多に見られるもんじゃないんだからぁ」

お寅は眉間に皺を寄せると、口を尖らせた。

「この鏡台はなんだぁ」

家の中からまたしても金切り声がした。

「芸者の時分にあたしが買ったもんですよぉ」

そう反発したのはお玉の声だったが、すぐに、

「引き出しなんか開けないでくださいよ」

と声を尖らせた。

「こんな綺麗な櫛(くし)も、この紅も、うちのがお前に買ってやったものに違いないんだ」

「違うよぉ」

お玉が、旦那の女房に歯向かっている様子がありありと表にまで伝わる。

「あ、なんだ。これもこれも、うちのが店から持ち出してここに運んだ茶碗じゃないのか」

「おっ母さん、やめろっ」

母親に付いてきた倅のうろたえた声が響き渡ると、茶碗の割れる音や物の飛び交う音が表にまで届いた。

「お前たち、これ以上無体なことをしたら、勘弁しないよっ」

ついに、癇癪玉(かんしゃくだま)を破裂させたお玉の声が轟(とどろ)くと、

「すいません、すいません」

掠れた声を振り絞った倅は、悲壮というよりも滑稽な様子を漂わせている。

その時、お玉と女房らしい女が、二枚の女物の着物と一本の帯を引っ張り合いながら家の中から裸足で飛び出して来た。

「これはあたしのもんだ」

「嘘つけ。うちのにせびって買わせたに違いないんだ」

金切り声を上げた女房らしい女は、着物を渡そうとはしない。

「おっ母さん、こちらは違うと言っておいでじゃないか」

後から出てきた倅らしい男が母親を宥めるが、一向に効き目はない。

「倅、しっかりしろっ」

野次馬の男から声が掛かると、倅は丁寧にもぺこぺこと頭を下げて応える。

「お前、なんで頭なんか下げてるんだいっ」

母親から罵声を浴びせられた倅は、二人の女に引っ張られている着物を奪い取ろうと手を掛けた。

「着物から手を離せぇ」

お玉は声を張り上げたが、倅が摑んだ着物に引っ張られたのか、前のめりになってそのまま地面に倒れ込んだ。

その刹那、着物と帯を両手で巻き取った女房は、

「卯之吉」

倅と思しき若い男に叱咤するような声を掛けると、開いていた格子戸の間をすり抜けて小路へと駆け出して来た。

倒れたお玉を気にした卯之吉は一旦足を止めたものの、母親の声に弾かれたように、慌ててそのあとを追う。

「ちきしょう」

裾を乱し、髪を振り乱して立ち上がったお玉は、憤怒の形相で格子戸の外を睨みつけた。

三

瀬戸物屋の女房と倅が駆け去ると、詰めかけていた野次馬はあっという間にお玉の家の表から散ってしまった。

「あたしはお先に」

お菅まで、とっとと帰路に就いた。

格子戸の中で立ち上がったお玉が、痛そうに足を引きずったのを見た小梅は、

「肩に摑まって」

お玉の脇の下に自分の肩を差し入れて支え、お寅と共に戸口の中に抱え入れたばかりである。

三和土の框に腰掛けたお玉は、足裏に付いた泥をはたき落とすと、両足を投げ出して上がり口の柱に背中を凭せかけた。

お寅と共に三和土に立った小梅は、上がり口の先の敷居から外れた障子が倒れて、桟が折れたり紙が破れたりしている惨状を眼にした。

外れた障子の奥の居間には物が散らばり、長火鉢の五徳に載っている鉄瓶は大きく傾いている。

「瀬戸物屋の女房と倅は、人でなしだよ」

抑揚なく、呟くように口にしたお玉は、

「あの女房の袂が膨らんでたの、見ませんでした?」

小梅とお寅に眼を向けた。

「あたしの持ち物の、象牙の帯留、以前、御贔屓からいただいた簪やら櫛なんかを、旦那から買ってもらったもんだと決めつけて、自分の袂に突っ込んで持ち逃げするなんて、ありゃ、盗人の所業だよ」

恨めしげに吐き出したお玉は、下唇を嚙み締める。

「旦那のおかみさんは、前々からお玉さんのことを知っておいでだったの？」

小梅が穏やかに問いかけると、

「あたしのことは知られていないと、旦那はそう言っておいでだったけど――あっ。旦那はやっぱり、どこかに若い女を囲ってるに違いないよ」

訝っていたお玉が、突然声を荒らげた。

「どうして」

「小梅ちゃん、あの女房は鬼だよ。その鬼に若い女のことが知られそうになったもんだから、旦那はあたしのことを白状したんだよ。鬼の恨みが若い女に向かわないよう、矛先をあたしに向けさせようとしたに違いないんだよ、きっと」

そう断言したお玉は、立ち上がろうとした途端、「イタタ」と口にして、痛そうに腰のあたりに手をやった。

「あぁ、なるほどね」

お寅が妙に感心したような声を上げると、

「なるほどねなんて、感心しないでくださいよ」

お玉は、目を丸くしてお寅を睨む。

するとお寅は、お玉に顔を近づけて、

「だってほら、狡(ずる)い旦那が、あんたとの仲を終わらせようと、荒療治に出たのかもしれないしさぁ」

まことしやかに囁(ささや)いた。

「おっ母さん、なにもそこまで口にしなくたって――！」

小梅がお寅の帯を摑んで、お寅をお玉の前から引き離した途端、

「わっ！」

大声を上げたお玉は、両手で顔を覆ってしまった。

四

夜は明けているものの、日の出前の堀江町入堀（ほりえちょういりぼり）一帯は靄（もや）に覆われている。

靄は薄いのだが、それがかえって寒々しく眼に映る。

水面から靄を湧き立たせているような堀江町入堀に架（か）かる親仁（おやじ）橋を、小梅は幼馴染（おさななじ）みの栄吉（えいきち）と急ぎ伊勢町堀の方へ向かっていた。

「日本橋の高札場（こうさつば）に、面白いもんがぶら下がってるぜ」

魚河岸で働く知り合いからそんな話を聞いた栄吉は、一旦、日本橋の高札場に走った後、下っ引（したっぴ）きを務める目明かしの家に知らせに向かった。しかし、厩新道（うまやじんみち）の矢之助（やのすけ）親分は留守だったため、引き返す途中、『灸据所　薬師庵』に立ち寄って、小梅に詳細を告げたのだ。

高札場では、幕府が定めた様々な決まり事などが七つの高札に書き記されているのだが、先刻見た高札場に異変があったと、栄吉は声をひそめて言った。

高札の一枚には、文言の認（したた）められた紙が貼られ、高札場を覆う屋根の廂（ひさし）から櫛笄（くしこうがい）や銀細工の簪が紐で結ばれて吊り下げられていたという。

「へぇ。面白そうじゃないか」

小梅は掃き掃除を切り上げると、お寅に声を掛けて、栄吉と共に日本橋に向かったのだった。

『玄冶店』のお玉の家に旦那の女房と倅が押しかけた日から、三日が経った早朝である。

日本橋の高札場は、日本橋川に架かる日本橋の南詰にある。

人の高さよりも高く積み上げられた石垣の上には柵が四方に巡らされ、柵の内側に立つ高札は柱に支えられた屋根に覆われている。

日本橋界隈には魚河岸をはじめ、芝河岸、地引河岸などの河岸に多くの蔵が立ち並んでおり、朝の暗いうちから様々な職種の者たちが戦場のように動き回るのが常だった。

日の出前ということもあり、買い物に出て来たような庶民の姿はほとんどない。

河岸で働く連中は、高札場の異変などを気にすることもなく行き交い、足を止める者はいない。

小梅と栄吉が高札場に近づくと、雲水笠を軽く持ち上げて石垣の上を見ている二人の雲水がおり、石垣の下には宿なしと思しき男が、薦を被って項垂れていた。

「吉松が来てやがる」

声を低くした栄吉が、高札場の上の方を指さした。

小梅の眼に、石垣の上部に腰掛けた吉松が、何やら紙に認めている姿が映った。

「吉松さん」

小梅が声を掛けると、

「おぉ。二人して来やがったか」

吉松は、小梅と栄吉に笑みを向けた。

「さっきは、字が細かくて読めなかったが、なんて書いてあるんだよ」

栄吉が吉松に声を掛けると、

「それは、後で教えるよ。さっき、土地の目明かしがすっ飛んで行ったから、こんなところに上っているのを役人たちに見つかると大事だからさ。あ、来やがった」

白木屋の方向に眼を遣った吉松は、急ぎ矢立に筆を仕舞い、書いていた紙を折り畳んで懐にねじ込むと、するすると身軽に石垣を降りきった。

「こちらです」

土地の者と思しき目明かしが、後に続いてきた同心二人と奉行所の小者二人の眼の前で、手にしていた十手（じって）を高札場の上方に向けて指した。

「誰か梯子（はしご）を！」

同心の一人が声を張り上げたとたん、辺りを行き交う人が、何事かというふうに、次々と足を止め始めた。

「梯子を掛けます」

近くの商家から調達してきたのか、一人の小者が、抱えてきた梯子を高札場の石垣に立てかけた。

するとすぐに、同心二人が梯子を駆け上って柵の中に飛び移り、高札の板に貼られた紙の文書に眼を向けた。

「なんということだ！」

一人の同心が叫ぶと、屋根の庇から櫛笄などを吊るしている紐を脇差で切って回収し、すぐさま自分の袂に押し込む。

「権助（ごんすけ）、野次馬を高札場から追い払え！」

もう一人の同心は目明かしに向けて甲高く喚（わめ）くと、高札の板に貼られていた紙を乱暴に剝がし、

「近づく者はひっ括（くく）って構わん」

とも声を荒らげた。

薦を被っていた男はおろおろと動き出し、高札場から離れて行った。

「おれはここで」

栄吉は、小梅と吉松に断ると、江戸橋の方から現れた北町奉行所の同心、大森平助（おおもりへいすけ）と目明かしの矢之助の傍へと駆け寄って行った。

「ここに立ち止まるんじゃねぇよ」

足を止める者たちを、土地の目明かしどもが追い払い始めると、矢之助も仕方なく人の波を高札場から遠のけ始める。

「小梅さん、高札板には、面白（おもしれ）ぇことが書いてあったぜ」

吉松が、耳元で囁いた。

「それは」

「話すが、場所を変えよう」

小声で言うと、吉松は日本橋を渡った先を指さした。

頷いた小梅が、再度、高札場を見やると、大森と眼が合った。

辞儀のつもりで軽く頭を下げると、大森は右手を軽く上げて応えてくれ、小梅はもう一度叩頭してその場を後にした。

小梅と吉松が日本橋の北詰へと渡り終えたところで、すっと朝日が射した。

日本橋川では多くの荷船が船腹をこすり合わせるようにして行き交っていた。

「板に貼られていた紙に書かれていたことを話すから、聞きな」

懐から書付を取り出した吉松は、室町の通りを神田の方に向かいながら、

「高札場の屋根の庇に晒してあった煙管や櫛笄、簪なんかは、数日来、盗みに入ったお屋敷から持ち出した品々だってことだよ」

「なんだって」

小梅から驚きの声が出た。

吉松は構わず書付の文言を口にした。

それによると、盗人が塒に帰って盗んだものをよくよく見ると、いずれもが、銀

細工であったり、螺鈿を施されたりした高価な品々と分かったという。

「そんなものを盗み取ったと役人に知れれば重罪だということに思い至ったので、謹んでお返ししたい。ついては、高札場にその品々を晒し、押し入った先の名と、何を盗み取ったかを記した書付を当所に残して行くので、お役人の手で持ち主に返してもらいたい。と、まぁ、そんなことが書かれてたんだよ」

吉松はさらに、書付にあった旗本や遠国の小藩の名も口にした。

「書付を書いた者の名は」

さりげなく問いかけた小梅には、気にかかる人物がいた。

今月の初め頃、どこかのお屋敷に忍び入って盗んだと思われる櫛簪を、髪結いのお園から一時預かったことがあったのだ。

奢侈禁止令に触れて〈手鎖三十日〉の罰を下された小夜という姉弟子が、気を病んだ末に首を吊って死んだことを重く胸に刻んでいるという話を、先日、小梅はお園の口から聞いていた。

小夜を死なせたのは、奢侈禁止令という悪法であると言い、情け容赦のない取り締まりをする奉行所への怒りを隠そうともしなかった。

「書いた者の名はなかったが、書付の最後に、花押のつもりか知らねぇが、なんだか烏みてぇな鳥の絵が描かれていたよ」

吉松は鼻でふんと笑うと、

「盗みに入ったのは、夜の闇を飛び回る烏だとでも言いてぇのかね」

吐き捨てると足を止めた。

「おれはこのまま版元に行って、今朝の一件を刷らせる支度をしなきゃならねぇ」

「読売を売るんだね」

「そういうことさ。じゃ」

吉松は手を上げると、神田の方へと速足で向かった。

吉松が売り歩く読売をはじめ、江戸の名所案内や料理屋の見立て番付などの版元である『文敬堂』は、神田佐柄木町にあるのだ。

さっきよりも、日がだいぶ高くなっていた。

『灸据所　薬師庵』の仕事はじめの刻限までまだだいぶ間があるが、朝餉が遅くなってはお寅の口から飛び出す小言が煩わしい。

小梅は、室町三丁目の辻を右へと曲がり、伊勢町堀へと足を速めた。

五

月が替わって師走となった『灸据所　薬師庵』の療治場は、朝から日本橋の高札場の件で持ちきりだった。

三日前の早朝、高価な櫛笄や簪などの盗品が高札場に晒された出来事は、一夜明けた一昨日、飛ぶように売れた読売によって、江戸のあちこちに知れ渡っていた。

「だけどさぁ、せっかく盗んだものを、なにもわざわざ返さなくったってよさそうなもんじゃないかぁ」

お寅は、火消しの新五郎の腰に灸を据えながらも、

「黙って隠し持ってりゃ、盗みに入ったことだって知れやしないし、大体、盗みに入ったお屋敷の名まで世の中に知らせたって一文の得にもなりゃしないんだからさぁ」

合点がいかない様子で首を捻った。

「そうだよ、お寅さんの言う通りだよ」

小梅の前で両足を伸ばして仰向けになっている丈太が、お寅の言い分に同調の声を上げた。

丈太は、大伝馬町、高砂町、小網町、小舟町などを受け持つ町火消、壱番組『は』組の平人足で、お寅に灸を据えられている新五郎は同じ『は』組の梯子持ちである。

「だけど、盗人は、高札場に晒した品をどこで盗み取ったか、世間に知らせたかったんじゃないのかねぇ」

小梅は他人事のような口を利いたが、盗み取ったのがお園だとすれば、その真意はとっくに知っていた。

「それで、どこの誰のお屋敷から盗まれたのか分かってるのかい」

「今朝、おれが買った読売に書いてあった」

お寅に返答した丈太は、袂から畳んだ読売を引っ張り出して、仰向けのまま眼の前で広げた。

「ええとね、駿河台雁木坂の旗本、小栗縫之介の屋敷からは、銀煙管一本、そこの奥向きからは鼈甲の櫛笄。牛込、御殿山の寄合旗本、本田郷右衛門の屋敷からは、漆塗りに金箔を散らした櫛。麻布村にある和泉伯太藩、渡辺備中守家下屋敷からは、金銀の酒器や瓶子。と、こんなもんだね」

丈太が口にした品々は、三日前、吉松が書き留めていたものと同じである。

「丈太さん、その読売の版元はどこです」

「西湖堂だな」

丈太は読売に眼を走らせると、版元の名を口にした。

三日前、高札に貼られた書付を吉松が見つける前に、他の版元の者が書き写していたのかもしれない。

「しかし、奢侈禁止令とかなんとかで騒がれてるこんな時に、値の張る物を持っていたというのが世間に知れると、いくらお武家とは言ってもよぉ、肝を冷やしてるんじゃゃねぇのかねぇ」

「そうだよ兄ぃ、町人なら即刻お縄になる品々だしな」

そんな感想を述べた丈太の足の『三里』に、小梅は艾を置いて火を点けた。

「実際あれだよ、小梅が月琴を教えに行ってた娘さんの実家から高価な皿やら器やらが見つかって、父親が引っ張られたからねぇ」

お寅は、浅草黒船町の料理屋『錦松』に降りかかった災難を口にし、

「家業の料理屋は闕所になって、行き場のなくなった家族は、もと奉公人の世話になって、千住の片隅で侘び住まいをしてるというからねぇ」

とも続けた。

「熱いよ、お寅さん。艾が大きいんじゃないのかい」

新五郎が、灸の据えられた腰のあたりを軽くねじる。

「腰のためだと思って我慢おし」

お寅は全く意に介さない。

「町人が、高札場にあった品々を持っていたら、即刻お咎めを受けるんだ。にもかかわらず、武家だからと目こぼしがあったら、わたしゃとっちめの灸を据えてやるから」

小梅はぶつぶつと口にしながら、丈太の足の『三里』で燃え尽きた滓を指で落とすと、同じ場所に新たに艾を載せて、火を点けた。

「とっちめの灸を誰に据えるっていうんだい。将軍様か」

腹這った新五郎がくぐもった声で尋ねた。

「千代田の城の中にゃ、いくらなんでも灸を据えには行けないよぉ」

小馬鹿にしたような声を上げたのは、お寅である。

「将軍様の下には、わたしらが困るような定めを捻り出すお偉い連中がいるらしいからさ」

小梅がそこまで口にした時、

「アッアッアッ」

悲鳴を上げた丈太が上体を起こすと、『三里』で煙を上げる艾を手で払いのけた。

六

小梅とお寅が朝餉を摂り終えたのは、東の空に日が昇る少し前だった。

冬場は、朝の暗いうちから朝餉の支度に取り掛かることは珍しくない。

今日は師走の二日である。

『薬師庵』の仕事はじめはいつも五つ（八時頃）だから、それまでに、客を迎え入れる療治場を整えておかなくてはならない。

湯を沸かしたり飯を炊いたりした竈(かまど)の火の残りを、療治場の火鉢に運んで炭を熾(おこ)しておく。

その火鉢に水を満たした鉄瓶を載せておけば、朝餉を摂り終える時分ともなると、療治場には暖気が満ちるという寸法だった。

五つまであと四半刻(しはんとき)(約三十分)という刻限になって、仕事着とも言うべき裁着袴を穿いた小梅は、いつものように薬缶(やかん)と炭取を持って、出入り口脇の四畳半の療治場に入る。

火鉢から鉄瓶を下ろすと、火勢の落ちた炭火の上に新たに炭を置く。

下ろしていた鉄瓶の蓋を取ると、薬缶の水を注ぎ入れ、再度五徳に載せる。

これを二度繰り返せば、午前中いっぱいは療治場の暖気が保たれる。

灸を据えに来る客の多くは、背中や足を晒すことになるので、寒さを感じさせないように気を配らなければならない。

火加減を見た後は、自分とお寅の道具箱に足りないものがないか確かめるのがいつもの習わしである。

艾の量、艾に火を点ける線香の数、療治中に火の点いた線香を立てる線香立て、艾の燃え滓を掃き取る刷毛、手拭い、それらの数が過不足なくあるかどうかを確認したのちに、五つの仕事はじめを待つのが、『灸据所　薬師庵』の朝の流れだった。

午後からの出療治に行く時も、再度の確認を怠ることはない。

「小梅ぇ、療治場にいるのかい」

表に掃き掃除に出ていたお寅から、声が掛かった。

「いるよぉ」

「なんか面白いことが起きてるようだから、ちょっと出ておいでよ」

お寅の声音には、浮き浮きしたような響きがあった。

返事もせず腰を上げた小梅は、足袋（たび）を履いた足を三和土の草履に通すと、戸を開けて表へと出た。

「おはよう」

竹箒（たけぼうき）を杖代わりにして立っているお寅の横にいた、天秤棒を担いだ魚売りの常三から声が掛かった。

「魚河岸の帰りかい」

「そうなんだがね」

常三が小梅に返答するとすぐ、

「常三さんによるとね、武家屋敷から盗まれた品が、今朝は元札辻の高札場にぶら下げられたそうなんだよ」

お寅がわくわくしたような顔で囁いた。

お寅が言うように、大きな高札場は日本橋の他にもあった。

四日前に盗品が晒された日本橋の南詰をはじめとして、元札辻と呼ばれる芝車町、常盤橋門外、筋違御門内、浅草御門内、麴町半蔵御門外が大高札場で、江戸には他に三十五の高札場があった。

「魚河岸じゃ、朝からそのことで持ちきりだったそうだよ」

「へぇ」

小梅は感じ入った声を洩らすと、

「それで、盗んだ先を書いた紙が高札の板に貼られていたんだろうか」

探るように声をひそめた。

「あったらしいね。けどそれは、真っ先に駆け付けた土地の目明かしらが引っ剝がしたらしいが、旗本屋敷の他に、どこかの大店の蔵から盗んだものも晒されたようだぜ」

お寅の代わりに答えたのは常三である。

そして、

「元札辻のことについちゃ、厩新道の矢之助親分も調べに就いてるようだから、下っ引きの栄吉に聞いたらいいんじゃねぇのかい」

常三が、小梅の幼馴染みの名を口にした。

七

日本橋一帯は、昼を過ぎると雲に覆われた。

日射しを遮られたせいか、冷え込みがきつくなった気がするものの、雪の気配はない。

魚売りの常三から、元札辻の高札場に盗品が晒されたと聞いた日の午後である。

「今日は出療治の客はいないからさぁ、栄吉のとこに行って、例の、芝の高札場に晒された一件について話を聞いてきたらいいじゃないか」

午前の療治の合間に、お寅がなんとも遠慮じみた物言いをした。

物言いは柔らかだが、これは「聞いておいで」と、半ば強制しているのと同じだということくらい、小梅はとうに察知していた。

物見高い女だと思われたくないという、お寅の見栄である。

「そうだね」

素直に応じた小梅は、昼餉を摂るとすぐ田所町の長屋に栄吉を訪ねたのだが、井戸端にいた長屋のおかみさんが、「厩新道の自身番に行ったよ」と教えてくれた。

厩新道の自身番は、田所町から二町（約二二〇メートル）ばかり北へ行った辻にあった。

「高砂町の小梅ですが」

自身番の外で声を掛けると、

「おう、入んな」

聞き覚えのある矢之助親分の声がしてすぐ、障子を開けた栄吉が顔を出して、上がるようにと手で奥を指し示した。

「親分、ここにまで押しかけて申し訳ありません」

小梅は丁寧に頭を下げると、芝の高札場に盗品が晒された件について話を聞きに来たのだと、隠さず打ち明けた。

「日本橋の高札場の件も見た小梅さんとすりゃ、気になるってとこか」

「はい」

小梅は、矢之助の眼を見て頷いた。

押し入った先の名を記した書付が、元札辻の高札場に晒されていたのは、二か所から盗んだという品々だったと、矢之助は切り出した。

ひとつは、日本橋室町の呉服屋『常盤屋』から盗んだという、象牙の櫛と笄が三点。もうひとつは、番町の旗本、千木良家から盗んだ鼈甲の簪と象牙の櫛、蒔絵を施した漆の煙管入れの三点だという。

しかも、高札の板には、ぜひ持ち主に返却したいという、日本橋の時と同じような文言の書付が貼られていた。

「千木良家はお旗本で、呉服の『常盤屋』は、西国の大名家の江戸屋敷に出入りしているってことで、お奉行所じゃどう取り扱えばいいのかと渋い顔をしておいでだそうだよ」

栄吉は、矢之助の顔色をちらちら窺いながらも、小さく洩らした。

「お役人は困っておいでだということですか」

小梅は、単刀直入に尋ねた。

「ことに困っておられるのが、南町奉行の鳥居様のようだがね」

矢之助は、辺りを憚るように声を低めた。

老中の水野忠邦が推し進める奢侈禁止令を、陣頭に立って指揮しているのは南町奉行の鳥居耀蔵だということは、以前、髪結いのお園から聞いていた。

その時、奢侈禁止令で取り締まるのは町人だけで、〈武家には及ばない〉という一文があるのだと言って、お園は怒りを込めたのだ。

「取り締まる側とすれば、お武家から盗まれたものが高札場で晒されるのは困ったことなんだよ。こんな値の張る物を持ってるお武家には何の科もなく、どうして町人だけが罰せられなくちゃならないんだ、なんて気運が高まるのを恐れてるわけだ。北町奉行の遠山様などは、町人のそんな不満がご公儀に向いた時のことを心配して、鳥居様の厳しい取り締まりに苦言を呈しておられるそうだが、あの鳥居耀蔵様が、簡単に折れるわけはねぇというのが、大方の見方だね」

そう言って、矢之助は苦笑を洩らした。

「それで、何者が晒したのか、その手掛かりのようなものは」

「あったよ」

栄吉は小梅に、即座に答えると、

「書付の最後に、日本橋の時とおんなじ、烏の絵が描かれていたんだよ」

密やかな物言いをして小さく頷いた。

八

早朝の通りを冷たい風が吹き抜けていた。

日の出前だが、明るくなっている通りを出職の者や旅人宿から出てきた泊まり客などが足早に行き交っている。

師走になってからというもの、町中が幾分か忙しくなったような気がする。

煤竹(すすたけ)売りが姿を見せる十日頃になれば、人々はようやく年越しに向けてさらに忙しく動き回るのが例年のことである。

小梅は、旅人宿の立ち並ぶ馬喰町の通りを浅草御門へと足を向けていた。

「浅草御門に面白いもんがある」

今朝早く、台所で朝餉の支度をしていた小梅のもとに、栄吉に頼まれたという左官が立ち寄って、そう告げたのである。

厩新道の自身番を訪ねて、矢之助親分と栄吉に会った日から三日が経っていた。

その日以来、出療治で町中を行き来する小梅の眼や耳には、例年とは違う有様が飛び込んでいた。

辻で読売を配る連中の多くは、高価な盗品が高札場に晒された出来事を売り物にし、江戸の繁華な場所に立って、歌い踊ったり世情を憂えたりする多くの大道芸人たちまで、高札場の一件を取り上げるようになっていたのだ。

和漢のおどけ噺に教訓を織り交ぜた話をする〈どぜう太夫〉は、

「武士の贅沢、奢侈まみれは許されて、町人のささやかな贅沢に目くじらを立てて、家屋敷を取り上げたり、手鎖の罰を与えたりするのは、いかがなものか」

というようなことを通行人に説いており、冬空の下、褌に半纏姿の〈願人坊主〉は、

「人に代わって願掛けの修行をする我らは、本来ならば、褌ひとつになって経を唱え踊るのが本分。半纏を纏うなど、願人坊主にすれば贅沢の極みなのである。にもかかわらず、役人どもはこのような我らを捕らえようともしない。いったいこれはどういうことであろうか」

などと、歯の欠けた口を開けて、道行く人に問いかけていた。

年の瀬を控えた忙しい時期とはいえ、江戸の人々は、高札場に盗品を晒す盗人の所業に関心を向けているようだ。

馬喰町の通りから両国西広小路の西端に位置する浅草御門前に出た小梅は、ふっと足を止めた。

神田川の北には浅草御蔵があり、南側の両国や日本橋と通じている通りは普段から人や物の往来が激しいのだが、日の出前からの人だかりは珍しい。

人が押しかけているのは、浅草御門内の高札場だった。

石垣の上に立つ高札場の、屋根の廂からぶら下げられた細かな物を、同心らしき者が二人掛かりで取り外そうとしており、石垣の下では、小者や目明かし、それに下っ引きや町内の若い衆たちが、押しかけている野次馬を押し戻していた。

「今度はどこの誰の屋敷に入られたんだ」

野次馬の中から声が上がった。

「盗み取ったのは、いつもの烏の絵を残した野郎なのかよぉ」

「板に貼られた書付にゃ、いつも通り、烏の絵があったそうだ」

「じゃ、やっぱりからす様の仕業だなぁ」

「天狗様だよぉ！」

「闇に紛れた『からす天狗』のやり口に間違いねぇさ」

そんな声が飛び交うと、野次馬の塊からうねるようなどよめきが沸き上がった。

伸びをして高札場の方を見ていた小梅に、

「小梅さん」

聞き覚えのある声が掛かった。

人垣から出て来て立ち止まったのは、船頭の佐次である。

「『玉井屋』の裏で猪牙船の掃除をしてたら、こっちの方が騒がしくなりましたんで来てみたんですよ」

高札場の方に向かって顎を突き出した。

かつて勇名を馳せた香具師の元締、『鬼切屋』の若い衆だった佐次は、『鬼切屋』が廃業したあと正業に就き、今では神田川の北岸にある船宿で船頭を務めている。

「盗人は、押し入った先を今朝も書付にしていたんだろうか」

「あぁ。高札の板に貼り付けてあったよ」

佐次はさらりと呟いた。

「なんて書いてあったか、佐次さんは見たの？」

「うん。千石取りの御使番、本郷の臼井五右衛門と、深川材木町の材木問屋『木島屋』の二軒から盗ったんだとさ」

「なんだって――」

小梅は、佐次の返答に声を詰まらせてしまった。

その時、

「いいぞ『からす天狗』！　どんどん盗んじまえ！」

どこかから声が上がると、またしても野次馬たちから歓声が上がった。

九

深川材木町の材木問屋『木島屋』の表は騒然としていた。

『からす天狗』に盗まれた高価な品物が浅草御門内の高札場に晒されたことを知った物見高い連中が遠巻きにして店の中を眺めたり、足を止めたりする。

「覗くんじゃねぇ」

とか、

「とっとと行きやがれ」

などと、野次馬たちに向かって怒鳴りつけているのは、見覚えのある『油堀の猫助』の子分たちで、棒切れを手にして盛んに威嚇している。

小梅は、浅草御門内の高札場に盗品が晒された翌日の午後、霊岸島新堀での出療治を済ませた後、永代橋を渡って深川に足を向けたのである。

「通させてもらいますよ」

灸の道具箱を提げた小梅が、『木島屋』の中へと向かうと、

「灸屋、待て」

前歯の二本抜けた細身の男が小梅の行く手に立ちふさがるとともに、重三（じゅうぞう）という小太りの男と、金壺眼（かなつぼまなこ）の弥助（やすけ）という男が左右を固めた。

他の三人の子分たちは、遠巻きにしている野次馬たちに睨みを利かせている。

「どこ、行くんだよぉ」

「『木島屋』の甚兵衛（じんべえ）さんに会いに来たんだがね」

小梅が歯抜けの男に返答すると、

「『木島屋』の旦那に何の用だよ」

と、凄（すご）む。

その時、『木島屋』の店の戸が中から開けられ、装（な）りからして奉行所の同心と思しき侍が二人、甚兵衛と白髪交じりの番頭に見送られて出て来て、悠然と立ち去った。

甚兵衛と番頭が深々と腰を折って送り出した、同心と思しき二人に小梅は見覚えがあった。

十月の半ば頃、殺された『賽（さい）の目（め）の銀二（ぎんじ）』の死体を、北町奉行所の同心、大森平助から横取りして行った南町奉行所の同心、草津と大山だった。

「甚兵衛さん」

同心二人が去ったあと、小梅が近づこうとすると、

「通さねぇと言ってるだろっ」

歯抜けの男が腕を摑もうと伸ばした手に、小梅は咄嗟に握りこぶしを振り下ろした。

「この、あまぁ！」

歯抜けが小梅に向かって目を吊り上げた時、

「伝吉、おやめっ」

白髪交じりの番頭が、歯抜けの男を一喝し、それから小梅に近づくと、

「往来じゃなんですから、お話なら中でと主が申してます」

そう耳打ちをして、店へ入っていく甚兵衛の背中を指し示した。

「それじゃ、お言葉に甘えまして」

小梅は、番頭に続いて『木島屋』の土間へと足を踏み入れた。

番頭はすぐに土間を上がり、甚兵衛が、帳場の隅に胡坐をかいていた油堀の猫助

の近くに膝を揃えるのが見えた。

「おめぇ、なにしに来やがった」

眉のない丸顔の猫助が、小梅に薄目を向ける。

「『木島屋』さんがとんでもない目に遭われたと聞きましたんで、お見舞いにと」

小梅は、丁寧に挨拶をすると、

「高札場の書付には、例の、烏の絵が描かれていたそうですが、本当に盗みに入られたんですか」

探るような臭いを努めて消し、物見高い女らしく問いかけた。

「わたしどもは、いつ入られたか、皆目分からないのでございますよ」

そう口にした甚兵衛は、

「高札場の書付には、漆塗りに螺鈿の印籠をうちから盗ったとありますが、そんな値の張るものなぞ、わたしのものじゃありませんよ。そのことは今、お役人にも申しましたが、人さまから一時お預かりしていたものを盗られるとは、わたしの不覚でした。預けてくだされたお方にはなんとも申し訳が――」

そこまで一気にしゃべると、息を継いだ。

「盗られた預り物というと」

「それは」

甚兵衛は、尋ねた小梅の問いに何か言いかけたが、

「お前さんに言う義理はない」

突然、鬼の形相になった。

「そしたら、こちらに来たついでにお尋ねしますが、下野に戻ったという、手代の小三郎さんから、なにか言ってきたというようなことはありませんか。親の具合がどうなったとか」

甚兵衛の様子にひるむことなく、小梅は穏やかに問いかけた。

「そんなことを、お前がどうして気にするんだよ」

睨みつけていた猫助が、抑揚のない声を小梅に向けた。

「小三郎さんは、親の看病で故郷に帰ったということでしたから、親御さんの様子が変われば、なんらかの知らせが来るのではないかと思いまして」

猫助を向いて返答した小梅は、その眼を甚兵衛へと動かした。

「知らせはない」

甚兵衛が間髪を容れず答えると、

「えぇ」

帳場の番頭も、軽く頭を下げた。

「そしたら番頭さん、小三郎さんをこちらに世話したという口入れ屋の名を教えていただけませんか」

「ですからその口入れ屋は、去年の大火事で焼けてしまって、跡形もないと言ったじゃありませんか」

「それは聞いてます。わたしが知りたいのは、そこの屋号です。火事は去年の十月のことですから、屋号さえ分かれば、隣り近所にいた誰かが、そこの主や奉公人の行先を知っているということもありますからね」

「屋号は、そのぉ」

番頭が戸惑いを見せると、

「番頭さん、忘れたなら忘れたと、正直に言えばいいんだよ」

甚兵衛が苛立たしげに声を発した。

「はい。わたしは、このところ物覚えが悪く」

うろたえて口にした番頭は、帳場で項垂(うなだ)れた。

「お前さん、だいたい、どうして小三郎を捜すんだね」

「それは」

小梅が口を開きかけると、

「いい。何も聞くまい。それより、もう二度とここへは来てくれるな」

こめかみに青筋を浮かべて腰を上げた甚兵衛は、足音を立てて奥へと姿を消した。

「おい。旦那の言いつけを忘れるなよ」

達磨(だるま)のように胡坐をかいたまま、低い声を発した猫助は、眉のない不気味な顔を小梅に向けていた。

油堀河岸を大川の方に足を向けていた小梅の背後から、鐘の音が届いている。日の高さからして、八つ（一時半頃）を知らせる永代寺(えいたいじ)の時の鐘だろう。

うるさくもない鐘の音の合間に、ほんの少し前から、足音が近づいているのに小梅は気付いていた。

小梅は、油堀が大川に注ぎ込む辺りに架かっている下ノ橋の袂で足を止めて、背後に首を回した。

「やぁ」

笑みを浮かべた式伊十郎(しきいじゅうろう)が、挨拶でもするように、ひょいと右手を上げた。

「何か」

小梅が愛想のない声を向けると、

「いや。あんたが度々『木島屋』を訪ねて来るのはなぜか、前々からちと気になっておって」

「ご浪人こそ、以前から度々わたしの周りに姿をお見せになる。ひょっとして、尾(つ)けておいでですか」

声音は穏やかだが、小梅は何が起きてもいいように、身構える。

「尾けるというか。某(それがし)、住まいが深川でして、度々見かけますと、ふと気になって思わずふらふらと後を追うということも、なくはなく」

伊十郎は苦笑いを浮かべると、無精ひげの伸びた頬を片手で撫でた。

「わたしには、お構いなく」

切口上をぶつけると、小梅は踵(きびす)を返して下ノ橋へと歩を進めた。

十

日は大分西に傾いたが、沈むまでには一刻（約二時間）ほどの間はある。

深川油堀で八つの鐘を聞いてから半刻（約一時間）ばかりが経った頃おいである。

大門通の辻を右へ曲がって高砂町の小路を進むと、

「あら小梅さん、いまお帰りね」

『灸据所　薬師庵』から出てきたばかりのお静が、足を止めた。

「ちょっと、深川まで足を延ばしたもんだから」

「帰りが遅いと言って、お寅さんが気を揉んでましたよ」

笑み混じりにそう言うと、「またね」と会釈して浜町堀の方へと下駄を鳴らして歩き去った。仕立て直しを生業にしているお静は、細かい針仕事で眼を疲れさせると、『薬師庵』に灸を据えにやって来る常連だった。

「ただいま帰ったよ」

小梅が、戸を開けてすぐ声を上げると、

「今までどこで油を売ってたんだい」

居間の方からお寅の尖った声が飛んできた。

「それがね、深川の油堀なんだよ」

そう言いながら居間に入ると、長火鉢を前にしていたお寅が、

「油を売ったのが油堀とは、うまいこと言うじゃないか」

手にしていた湯呑を、火鉢の縁に音を立てて置いた。

「もっと遅くなっていたら、夕餉の支度はどうなるか気が気じゃなかったんだから」

「そんな心配しなくてもいいように、お菅さんとか、さっき帰って行ったお静さんから料理を教わればいいじゃないか」

「お前よくも――」

そこまで口にしたお寅が後の言葉を呑み込むと、

「まぁ、それはいいとして」

そう呟いて、浅草黒船町の料理屋『錦松』の元女中が小梅を訪ねて千住から来たと、改まった物言いをした。

「お里さんと言わなかったかい」

「たしか、里と申しますと名乗って、お前に言付けを残して行ったよ」

お寅は、間違いないというふうに頷いた。

「その言付けは」

「牢屋敷に繋がれていた『錦松』の主人、てことは、お前の月琴の教え子のお父っつぁんになるわけだ」

「利世さんのお父っつぁんがどうしたのさ」

「『錦松』のご主人が、明日の朝、お解き放ちになるっていうんだよ」

大きく口を開けた小梅は、なにか言おうとしたものの、言葉が出なかった。

「その知らせが、今朝千住に届いたもんだから、『錦松』のお内儀と娘さんとともども、急いで江戸に出てきて、浅草の旅籠に宿を取ったということだったよ」

「それで」

「お前にも会いたいから、明日にでも旅籠にお出で願いたいってさ」

お寅の言葉を聞いて、小梅は大きく頷く。

「『錦松』の娘さんとお内儀が千住に身を寄せてることを、お役人がよく知ってたもんだとあたしは首を捻ったんだよ」

「あぁ。そうだよね」

お寅の不審は、小梅にも同感だった。

「そしたら、教えてくれたよ。黒船町の『錦松』には誰もいないから、なにかあった時のために、お内儀と娘さんが掃部宿の百姓家にいることを、お里さんは千住の宿場役人に届け出ていたというから、出来た奉公人だよ」

お寅はしきりに感嘆の声を洩らした。

十一

月琴を収めた布袋を背負った小梅が、大川の西岸沿いの道を急いでいる。

料理屋『錦松』の奉公人だったお里が、小梅を訪ねて来たとお寅から聞いた日の翌日である。

受け持ちの客の療治を終えるとすぐ、『灸据所　薬師庵』を飛び出して浅草を目指していた。

お寅がお里から聞いた話によれば、『錦松』の主人、利右衛門のお解き放ちは今朝のことだった。

小伝馬町の牢屋敷で利右衛門を出迎えた娘の利世と母親のおすまは、一旦、昨日から宿を取っている浅草花川戸町の旅籠に戻ることになっているという。

四つ（十時頃）を知らせる時の鐘を聞いてから半刻近くが過ぎた頃、小梅は花川戸町の旅籠の暖簾を割って入った。利右衛門の女房のおすまの名を口にすると、宿の下女の案内で二階の部屋に通された。

「『錦松』の旦那さん、この度はとんでもないことになって、なんと言っていいか」

小梅は、おすまや利世、それにお里に囲まれてくつろいでいた利右衛門に向かって、労りの言葉を掛けた。

「いや、うちの者を心配して小梅さんが奔走してくだすったことは、このお里から聞いて、ただただ、ありがたいことだと」

最後まで言葉が続かず、利右衛門は小梅に向かって両手を突いた。

「でもやっぱり、なんといってもみんなお里さんの働きのおかげですよ」

小梅は、「出来た奉公人だよ」とお寅が褒めた通り、お里の名を口にした。

「とんでもない」

お里は謙遜したが、

「いやいや、牢屋敷にまで訪ねて来て、お役人を通して、おすまと利世の消息を伝えてくれたからこそ、心穏やかに牢にいられたんだよ」

利右衛門の言葉に、お里はゆっくりと頭を下げた。

「しかし、こんなに早く解き放ちになるとは思わなかったよ」

利右衛門が、しみじみと洩らすと、牢内でのことを切れ切れに話し始めた。

押収された多くの品々は、奢侈禁止令が発令されるはるか以前から『錦松』にあったもので、禁を犯して買い求めたものではないと主張し続けたと利右衛門は打ち明けた。そのうえ、お手入れのあった日に押収された櫛笄や銀の簪など高価な飾り物には心当たりがないのだと訴えたことから、かえって役人の心証を悪くしたようだとも言う。

「闕所となって、家を失うことは覚悟していましたが、お役人の考え次第では、一生牢獄から出られないのではと腹を括ったくらいです」

小さく笑って口にした利右衛門は、

「それなのに、どうして突然、お解き放ちになったものか――」

解せぬという面持ちで首を傾げた。

「それはおそらく」

言いかけた小梅は、すぐに、「いえ」と片手を振って口を閉じた。

小梅が言おうとしたのは、このところ盗品を高札場などに晒している『からす天狗』と呼ばれている盗人の所業だった。

『からす天狗』が晒している盗品はすべて、象牙や鼈甲などの細工物、螺鈿を施された漆塗りの櫛や銀の簪、煙管などで、町人の持ち物と分かれば、奢侈禁止令に背くものとして咎めを受ける高価な品々であった。

『からす天狗』は、それらを盗み取った武家屋敷や商家の名を記した書付を、晒した場所に残していた。

だが、お咎めを受けるのは町人ばかりで、〈武家は例外〉という一条が奢侈禁止令にはあるらしい。そのことから、不平不満を謳いあげる大道芸人たちや読売が、このところ町人たちにもてはやされている。

町人たちの不平不満が大きくうねって公儀へ向けられるのは、為政者には困惑の種に違いない。

多くの町人を罰する禁止令への不満や批判を躱すために、役人は急遽、奢侈の科で捕らえた者たちを解き放っているのではないか――小梅は、その一人が利右衛門ではないかと言おうとして、思い留まった。

奢侈禁止を推し進める老中の水野忠邦や南町奉行の鳥居耀蔵がどんな人物か知らないが、庶民の不平ごときで惑うような玉ではないような気もする。

「それで旦那さん、この先のことは、どうお考えなんでしょう」

小梅は少し改まると、利右衛門に問いかけた。

「そうですなぁ」

そう呟くと、利右衛門は胸の前で両手を組み、小さくため息をついた。

「旦那さん、実は、もし料理屋『錦松』がもう一度看板を掲げることになったら、ぜひとも呼んでくれと言ってる以前の奉公人たちがいるんです」

軽く身を乗り出したお里が、恐る恐る利右衛門に声を掛けると、

「お里、それは本当かい」

利右衛門より先に、内儀のおすまが声を発した。

「はい。板場にいた留八（とめはち）さんや富蔵（とみぞう）さん、それに、女中頭だったお鹿（しか）さんたちも、『錦松』には愛着があると声を揃えているんです」

「お前さん」

「うん」

頷いた利右衛門が、

「そんな話を聞いたら、なんだか、この先に光明が射したような気がするじゃないか」

力のこもった眼差しで遠くを見つめた。

そんな利右衛門を、おすまと利世、それにお里が凝視している。

「この先のことですがね小梅さん」

利右衛門に眼を向けられた小梅が、「はい」と返答すると、

「しばらくはお里が借りてくれた百姓家に腰を据えて、まずは千住で小さな料理屋を始める算段をしようかと思うんですよ。土地を借りて、畑を耕しながらね」

「いいね」

笑みを弾けさせた利世が顔を向けると、母親のおすまは、今にも泣き出しそうな

顔でうんうんと頷いた。

「このことをお園さんに知らせたら、きっと、一安心しますよ」

小梅が利世にそう言うと、

「でも、わたし、お園さんの住まいを記した書付を黒船町に置いたまま出たから——あぁあ、以前千住に来てくれた時に聞いておけばよかったのに、気が利かなくて」

利世は、悔しげにため息をついた。

「それで、千住にはいつ」

「今日、これから発とうと思います」

利右衛門が、穏やかな顔つきで小梅に答えた。

「山谷から小塚原へと抜けたら、一刻もあれば千住に着けますから」

お里の声に、利右衛門の家族三人が大きく頷いた。

「利世さん、千住にはいつ教えに行けるか知れないけど」

小梅はそう言うと、

「お役人に持って行かれた月琴の代わりに、これをあげるよ」

傍らに置いていた月琴の入った袋を、利世の前に押しやった。

「この先、お父っつぁんたちと畑仕事をしなきゃならないだろうけど、たまには月琴を弾いて、気休めにするといいよ」

眼を見張った利世は、月琴の入った袋を両手に持って胸に抱いた途端、わっと泣き声を上げ、袋に頬ずりをした。

十二

大川の川面が、日の光をきらきらと跳ね返している。

日は西に傾き始めたが、日暮れまでにはまだ間がある。

千住へと向かう『錦松』の親子とお里を旅籠の表で見送った小梅は、大川の西岸をゆっくりと帰途に就いていた。

浅草駒形堂を過ぎ、浅草御蔵に差し掛かったところで、ふと足を止めた。

浅草黒船町の料理屋『錦松』には、役人の手が入った時に立てられた竹矢来が、今に至ってもそのままの状態だった。

眺めている小梅の背後で、草履の音が微かにした。

「もしかして、『錦松』の皆さんと会っていらしたんですか」

小梅の斜め後ろに立ったお園が、静かに声を掛けた。

「『錦松』の旦那さんのことをどうして」

「ある筋から、利右衛門さんのお解き放ちのことを耳にしていたんですよ」

お園は、慌てることなく返答した。

「お前さんの住まいを聞き洩らしていたんで知らせることが出来なかったと、利世さんは悔やんでいたよ。この日のことを知っていたなら、顔を出せばよかったじゃないか」

小梅が一気にそう言うと、

「二月前、料理屋『錦松』に役人の手が入った理由の一つに、女髪結いの出入りがあったんですよ。つまりそれは、わたしのことなんです。役人に踏み込まれる元を作ったこのわたしが、のこのこ顔を出すわけにはね」

声を低めたお園は、小さく苦笑いを浮かべると、『錦松』に向けていた眼をあらぬ方に向けた。

「そのうえ、世間を騒がせているからじゃないのかい」

小梅は、思い切って探りを入れた。

「なんのことでしょう」

「武家屋敷や大店から盗んだ値の張る華美な品々を、高札場にぶら下げてるのは、お前さんだろう」

小梅の問いに、お園は横顔を向けたまま返事をしない。

「ご丁寧に、盗んだ先の名も書付に記して、高札の板に貼り付けるなんざ、恨みの籠った者の仕業に違いないからさ」

そう口にしても、お園は川端に立ち並ぶ御蔵を向いたままである。

「この前、深川の『三春屋』で飲み食いした時、お前さん、姉さんと慕っていた髪結いさんを手鎖にした奢侈禁止令を恨んでいたね。手鎖を外されたものの、髪結いの小夜さんは、世をはかなんで首を吊って死んだんだったよね。そんな決めごとを押し付けたお役人たちに、一泡吹かせようとしてるに違いないんだ」

小梅はそう断じたが、お園からは何の反応もない。

「お前さんの気持ちも分からないじゃないけど、これ以上面倒を起こされるとわたしが困るんだ」

その言葉に、お園が、ふと、小梅に顔を向けた。

「お父っつぁんが死んだ火事のことだとか、恋仲だった男が死んだのはなぜなのかを探ろうとしてるわたしには、どうも、お前さんの動きは障りになるような気がするんだよ。だから、やめておくれな」

「わたしは、やめませんよ」

「なんだって」

はっきりと拒まれて、小梅は思わず凄んだ。

「だったら、この先は手を組んで、お互い助け合おうじゃありませんか」

お園は平然と口にした。

「わたしがあんたに手を貸す謂れなんかないよ」

小梅がそう言い放つと、

「奢侈禁止令なんていう悪法を振り回すお上の非を、二人して天下に晒すんですよ」

お園は表情一つ変えず、そう言い返す。

「それはどうも剣呑だ。『からす天狗』と呼ばれているのがお前さんだと分かれば、こっちにまで火の粉が掛かりそうだ。わたしは今、天下のことなんかより、火事のことや清七さんがどうして死んだのかが知りたいだけなんだよ」

「その清七さんの死が、万一、わたしが狙ってる側の誰かの仕業だとしたら、その時は――？」

低い声で問いかけたお園が、小梅の顔に鋭い眼を向けた。

「その時は、火傷するくらいの灸を据えて、とっちめてやりますよ」

ほんの少し思案を巡らせた末、小梅は静かにそう返事をした。

「灸ぐらいでこたえるような相手かどうか」

冷ややかに低く口にしたお園は、

「『からす天狗』と呼ばれてるのが誰かなどと口外したり、わたしのやることに邪魔をしたりしたら、容赦しませんからね」

いきなり笄を引き抜くと、尖った先を小梅に向けた。

小梅もすぐに片足を半歩下げ、半身になって身構えた。

もし踏み込まれたら、得物を持たない小梅はお園の笄に刺されるかもしれない
――そんな思いに囚われた時、

「日のあるうちに争いごととは、ちと不味くはありませんかね」

西日を浴びて影になった袴姿の侍が、二人の間に割り込んだ。

「誰だ」

お園の鋭い声に反応して体を動かした影が、伊十郎の顔を浮かび上がらせた。

「お前さん」

思わず小梅の口を衝いて言葉が出た。すると、

「ほう。お二人は知り合いでしたか」

伊十郎は、小梅とお園に眼を向けた。

「知ってるのかい」

「先月の末だったか、夜更けの深川で、材木問屋『木島屋』から出て来た黒装束の女と背恰好がよく似てたんで、ここまで尾けて来たんだが」

伊十郎はお園に眼を据えて、囁くような声を洩らした。

お園は突然踵を返すと、笄を髪に刺しながら足早にその場を立ち去った。

伊十郎は、盗みに入ったお園が、『木島屋』から出てくるところを見かけたと言っているのだろうか――ふと、そのことを問い質そうという考えが頭を過ったが、

小梅は思い留まった。

「しかし、いつもの裁着袴と違うんだねぇ」

「あれは、仕事着ですよ」

「仕事というと」

「灸師だよ」

「あぁ。それで時々、艾の匂いがしてたのかぁ」

伊十郎は得心が行ったように、うんうんと頷く。

「艾の匂いと、さっきのお人からは鬢付油の匂い。お二人はいったい、どういう間柄なんだろうね」

伊十郎の物言いには、詮索しようというより、好奇心を満たそうとする響きが強いように、小梅には感じられた。

「この際言っておきますがご浪人、わたしをつけ回すような真似はおやめくださいますよう」

小梅は小さく会釈をすると、両ぐりの下駄を履いた足を浅草橋の方へ向けた。

背後に足音がないか耳を澄ましたが、伊十郎が尾けてくる気配はなかった。

第二話　赤い月

一

灸の道具箱を提げた小梅が、京橋を南から北へと渡り切った。珍しく、昼前の出療治を頼まれて、木挽町に行った帰りである。

京橋川を吹き抜ける北風は、日が中天に昇ったせいか幾分か冷気が和らいだ気がする。

出療治に出かけるとき、寒暖についてはいつも気を遣っていた。

青朽葉に黒の童子格子柄の着物の上に、細身の紺の裁着袴という装りは、冷たい風避けにもなるのだ。

師走も半ば近くになると、京橋から日本橋へと貫く表通りはいつにも増して賑やかである。

十三日の煤払いを前にして、煤竹を売り歩く者たちの姿が目立つ。

買い物客をはじめ、お店者、売り声を張り上げる担ぎ商いや棒手振りが行き交い、荷を運ぶ車曳きなどは、「どけどけどけ」と通行人を威嚇しながら縦横に走り抜けていく。

そんな通りのそこここには辻講釈師や願人坊主などの大道芸人たちが立って、札を売ったり、神仏のご加護を説いたり、世情を憂えて歌い踊る姿がちらほら窺えた。

「ヤレヤレヤレ、帰命頂礼どら如来。ヤレヤレヤレみなさん聞いてもくれない。ちよっとちょぼくり、ちょんがれ節は、ホイホイホウ。ちょいとみなさん、近頃世上をにぎわす『からす天狗』をば、方々なんと思召されるや」

錫杖を打ち振り、歌い踊っている願人坊主を取り巻いている見物人の輪の外で、小梅は思わず足を止めた。

このところ、盗品を高札場に晒している『からす天狗』の所業を、読売が盛んに書き立てているのは知っていたが、数日前に見かけたよりさらに多くの大道芸人たちが触れ回っていようとは思いもしなかった。

南伝馬町二丁目の辻で錫杖を打ち振っている願人坊主は、歌のような経文のような文言を吐いているが、口跡（こうせき）がよくないうえに周りがざわついていて、うまく聞き取れない。

切れ切れに耳にしたことを要約すると、奢侈禁止令によって町中の様々な職人たちが苦境に喘（あえ）いでいるのだと、その実情を訴えている。

金銀を材料として腕を振るう錺職（かざりしょく）をはじめ、箔師、塗師（ぬし）、金糸銀糸で高価な織物を織る職人の多くは、仕事が減って暮らしが立たなくなっているのだという。

そんな職人たちが作る金銀の細工物、高価な陶器や磁器などをこれまで買い求めてきた武士には、何のお咎めもなく、職人たちを見殺しにしているのは理不尽ではないかというのが、願人坊主の言い分だった。

なるほど——小梅は、胸の内で賛同しながら南伝馬町一丁目へと足を向けたものの、

「『からす天狗』が昨日の朝、またしても盗品の数々を山門に晒したよっ」

大声を発する読売の声に、中橋広小路の角で足を止めた。

昨日、盗品が晒されたという出来事は初耳だった。

小梅の耳に届かなくなったのは、世間では、『からす天狗』の所業がそれほど珍しくなくなったということなのだろうか。

だが、数枚を綴じ込みにした売り物の冊子を頭上に掲げている読売の周りには人垣が出来ており、口上に聞き入っていた。

「昨日の早朝に盗品が晒されていたのは、高札場じゃなく芝増上寺の山門と来た。それも、神明門前町の大門なんかでもなく、なんとなんと、増上寺本堂、その奥の黒本尊様を望む由緒正しき山門に麗々しくぶら下げられておりました」

「おぉ」

読売を囲んだ野次馬たちから感嘆の声が上がった。

「その盗品の傍らに立つ柱の上方には、例のごとく、黒い烏の絵が描かれた書付が貼られていたことから、紛れもなく『からす天狗』が盗み取った品の数々に違いないっ。しかも例のごとく、盗み入った先の名が二か所、ご丁寧に記されておりますのが、一部三十文のこの綴じ込みでございい！」

読売が綴じ込みを振ると、

「買った！」

野次馬の中から男の声がかかり、つられたように幾人かの者が綴じ込みを買い求めた。

「わたしにもおくれ」

読売の手に三十文を置いた小梅は、受け取った綴じ込みを懐に押し込むと、急ぎ日本橋の方へと急いだ。

通二丁目の辺りに差し掛かった時、

「あたしゃ、女髪結いでござんすわいなぁ」

突然、芝居の台詞のような女の声が聞こえた。

半円になった人垣の真ん中に立った羽織の男が、扇子を広げて顔を隠しているのが眼に留まった。

町中でよく見かける『金作小僧』と呼ばれている大道芸人だった。
二、三年前のことだったが、家で、下手な声色屋の話になった時、父親の藤吉の口から、『山下金作』という歌舞伎役者の名が出たのを覚えている。
『市村座』の床山をしていた藤吉だから、役者の名には詳しい。

女形の『山下金作』が舞台で活躍していたのは、六十年以上も前のことだから、藤吉が本人を見ていたわけではない。

その当時、役者の声色を聞かせて稼いでいた声色屋が、『山下金作』の真似をして評判を取ったので、女形の声色で稼ぐ者を『金作小僧』と言い慣わしたと藤吉は教えてくれた。

小梅が足を止めたのは、芸人の出来に感心したわけではなかった。『金作小僧』が「あたしゃ、女髪結いでござんすわいなぁ」と口にしたことが気に掛かったのだ。

「一人十六文（約四〇〇円）の髪結い料をいただく髪結いのどこが贅沢とお上が申されるのやら、あたしゃ解せませぬぞえ。家には病の父が寝ており、母とても、朝早うから木っ端拾いや髪の毛拾い、そこで得た五文十文でさえ、ととさんの薬代にもなりませぬのじゃ」

扇子で顔を隠した『金作小僧』は役になり切って、髪結い女の悲しみを訴えかける。

すると、少し離れた道端から法螺貝の音が鳴り響き、

「『からす天狗』は鼠小僧の再来に違いないのじゃあ！」

山伏の装りをした祭文語りが、離れた道端で大声を張り上げると、聞いていた野次馬から、「おお！」とどよめきが起こり、「そうだ。死罪になった鼠小僧が、この世に生き返ったに違いない」という声までも沸き上がった。

その時、遠くから怒声のような悲鳴のような声が響き渡った。

日本橋の大通に砂埃が舞い上がり、奉行所の同心をはじめ、捕り手や小者ら十数人が、集まった野次馬を追い払い、世上への批判を口にしていた講釈師や願人坊主たちに襲い掛かって、叩いたり引き倒したりの蛮行に出た。

読売は、手にしていた綴じ込みを投げ捨てて小道に逃げ込み、『金作小僧』は扇子を畳んで素知らぬ顔で通行人に紛れて去った。

小梅は砂煙の立った通りから、楓川に通じる小道へと足を向けた。

二

日本橋本石町の時の鐘が九つ（正午頃）を打って半刻（約一時間）ばかり経った頃、

小梅は高砂町に帰り着いた。

騒ぎのあった日本橋の表通りを避けた後、楓川に架かる新場橋を渡ると、南茅場町の鎧ノ渡から小網町へと船で渡って来たのだ。

脇に『灸据所　薬師庵』の看板の掛かった戸を開けると、

「ただいま」

つい大声を張り上げて、三和土に足を踏み入れた。

「埃でも払ったら、療治場に顔をお出しよ」

戸口の脇にある四畳半の療治場から、のんびりとしたお寅の声がした。

「どうして埃にまみれたのを知ってるのさ」

上がりかけた足を下駄に戻した小梅は、三和土に立ったまま、着物や裁着袴を軽く手ではたく。

「あ。やっぱり埃をかぶって帰って来ましたよ」

誰かに話しかけるお寅の声には、小馬鹿にしたような笑いが含まれていた。

三和土を上がった小梅が、障子を細く開けて療治場の中を覗くと、

「飛松様だよ」

お寅は、艾の置かれた腰のあたりを晒して腹這いになっていた侍を、火の点いた線香で指し示した。

「どうも、おいでなさいまし」

声を掛けて療治場に入った小梅は、腹這いになっている飛松の足元を奥へと進み、道具箱を置く。

四畳半のうち、三和土に近い方の二畳ほどがお寅の持ち場で、その奥が小梅の療治場になっていた。

お寅に灸を据えてもらっているのは、御書院番の旗本、秋田（あきた）金之丞（きんのじょう）家の用人で、飛松彦大夫（ひこだゆう）という六十になったばかりの、『薬師庵』の常連である。

「そうそう。昼前に日本橋の『加賀屋』のおかみさんからの使いが来て、今日の八つ半（三時半頃）時分に箔屋町に顔を出してくれないかって、丁寧な物言いをして帰って行ったよ」

「娘さんの療治かね」

金や銀の箔を商う『加賀屋』の娘には、屁に関する悩みがあって、一月ほど前、初めて灸の療治に出かけた覚えがあった。

「それがどうもね、療治ではなさそうな口ぶりだった」

そう返答して彦大夫の腰の灸に火を点けたお寅が、

「あんたさっき、声が怒ってただろう。ただいまっていう声がさ」

と、小梅を見て小さく笑った。

「ちょっと、腹の立つことがあったもんだから」

自分の道具箱の引き出しを開けた小梅は、線香や艾の不足分を確かめながら、先刻、日本橋の通りで見た出来事を話した。

読売や大道芸人たちが関心を寄せる出来事は、先月の末ぐらいから世間を騒がせている〈盗品の晒し物〉であり、高札場などに晒している『からす天狗』の快挙に快哉(かいさい)を叫んでいるのだと言うと、

「中には、『からす天狗』は死んだはずの鼠小僧だという噂もあるというじゃないか。鼠小僧が蘇ったとかなんとか」

思いがけず、お寅がそんな噂を口にした。

「本物の鼠小僧は死んでるよ」

「そりゃ、知ってるけどさ」

お寅は小梅を見て、小さく笑みを見せた。

鼠小僧には次郎吉という名があった。父親の貞二郎は堺町の芝居小屋、中村座の木戸番で、隣り町の市村座の床山をしていた小梅の父親、藤吉とは旧知の間柄だった。

そんな関わりがあったせいで、小梅は物心がついた時分から、年の離れた次郎吉を兄のように思っていたのである。

「だけど、『からす天狗』を誉めそやす声が渦巻くもんだから、お役人が捕り手たちを揃えて襲い掛かって来やがって、刀なんか持ってない芸人たちを棒で叩いたり、足蹴にしたりと、ひどいもんだよ」

小梅が、そんなことを口にした時、

「ウウウ」

腹這っていた彦大夫が呻き声を洩らした。

「なにが鼠小僧の再来だっ」

彦大夫が、怒声を絞り出すと、

「十年ほど前に捕まって獄門に掛けられた本物の鼠小僧は、屋敷内の品々には眼もくれず、ひたすら金子のみを盗み取った盗賊ぞ。にもかかわらず、『からす天狗』めは、屋敷内の高価な持ち物を――」

そこまで口にしたところで、ゴホゴホと咳き込み、ゼェゼェと苦しげな息を吐いた。

「息切れですか」

小梅が彦大夫の顔を覗き込むと、

「飛松様はさっき、動悸と息切れがすると言ってお見えになったんだよ」

声を低めたお寅が小梅にそう告げた。

「動悸と息切れに見舞われたそもそものわけは、昨日の朝早く、芝増上寺山門に晒された盗品のせいなのだ」

彦大夫は、背中を波打たせて小さく咳き込みながらも、やっとのことでそう言い切った。

「だって、昨日晒されたのは確か」

小首を傾げて呟くと、小梅は日本橋の通りで買い求めた読売を懐から取り出して広げ、

「贅を凝らした赤珊瑚玉をあしらった銀のびらびら簪と、螺鈿を施した黒漆塗りの櫛三枚は、御小姓組、二千石の旗本、亀沢孫十郎家の屋敷から盗み取ったと書いてあって、もう一つは、品川の御家人の」

「その亀沢家が、頭痛の種でな」

小梅が読んでいる途中で彦大夫が口を挟んだ。

「飛松様、頭も痛みますか」

お寅が覗き込むと、

「それは、譬えじゃよ」

弱々しく口を開いた彦大夫は、

「亀沢家というのは、当家のご長女、小萩様のお輿入れ先なのじゃよ。小萩様の夫、清四郎様こそ、亀沢家の跡継ぎなのじゃ」

「それじゃ、綾姫様の姉上様の？」

小梅が声を上げると彦大夫は頷いて、両肩を大きく上下させた。

綾姫というのは、彦大夫が仕える秋田家の当主、金之丞の次女である。

以前から『灸据所　薬師庵』に療治に通っていた彦大夫から、

「お家の姫様が、冷え性でお悩みなのだが」
と、相談を受けたお寅の指示によって、小梅が出療治を受け持ち、二月ほど前から三度、築地のお屋敷に通っていた。

ところが、前回、冷え性の療治に出かけた十月末、綾姫の首の近くに、髪で隠れていた円形の禿(はげ)を見つけてしまったのである。

綾姫の療治にいつも立ち会っている侍女(じじょ)の牧乃(まきの)は、見つけた小梅に口止めをしたが、
「あの禿は、三月も前に見つけていた」
と、別室で打ち明けた。

その時小梅は、禿の療治を牧乃に申し出ていたのだ。

特段、禿に効くツボというものはないが、悩み事や気鬱によって禿を生じることもあり、
「綾姫様には、冷え性の療治の一環と伝えて、気鬱のツボに灸を据えてはどうか」

その考えを小梅が申し出ると、牧乃は了承してくれたのだが、その後、療治の依頼は来ていない。

もし、次回、綾姫の療治に出かけることがあれば、その時は気鬱に効く灸を用いるつもりでいる。

「なんということか」

突然、腹這っていた彦大夫が呻き声を洩らした。

「飛松様、艾が熱すぎましたか」

お寅が慌てて声を掛けると、

「万一、亀沢家に何らかのお咎めなどがあれば、縁戚に当たる秋田家に累が及ぶのではあるまいか。それは、困るっ」

お寅の声など聞こえなかったのか、独り言を発した彦大夫は突っ伏したまま、またしても「うう」と呻いた。

『灸据所　薬師庵』を共に後にした小梅と彦大夫は、江戸橋を渡ったのち、楓川西岸を八丁堀の方へ足を向けていた。

「先ほどは、療治場で声を荒らげてしまい、申し訳ない」

『薬師庵』を出るとすぐ、小梅は彦大夫から詫びを向けられた。

「気になさいますな」

小梅は笑ってそう返事をしたが、殊勝な彦大夫を気遣ったわけではない。

『薬師庵』に通う常連の中には気の荒い火消し人足や七十近い一人暮らしのお菅もいて、気に障るとすぐに声を荒らげる。

何よりともに暮らす母親のお寅が静かになるとかえって心配になるくらいだから、彦大夫の愚痴など、小梅にはどうということはなかった。

築地本願寺の西方にある秋田家に戻る彦大夫と、日本橋の箔屋『加賀屋』からの呼び出しに応じて、通四丁目の箔屋町へ向かう小梅は、途中まで行く道が同じだった。

ここに至るまで、彦大夫の口から何度もため息が洩れていた。

「よりによって、何ゆえ秋田家の親戚筋が『からす天狗』に狙われたのか」

『薬師庵』を出るとすぐ、彦大夫は愚痴を零した。

その後も、重い足を引きずって歩く彦大夫の口からは、「なにゆえ」という呟きや、「あぁ」という嘆息が飛び出したりした。

そんな気苦労が、彦大夫の動悸と息切れを引き起こしていたのではないかと思われる。

「これはご内聞に願いたいのだが」

楓川の西岸を歩きながら、彦大夫はそう言うと、

「亀沢家というのはなんとも鷹揚（おうよう）な家風でな。からす天狗が出現する以前、たしか二年前には何者とも知れぬ者に、お屋敷に入られたくらい、警戒心に乏しいというか、頓着しないというか、不用心なところがあってな」

そこで息を継いだ彦大夫は、二年前に亀沢家の奥向きの奥方や姫御の部屋から高価な帯や京人形をはじめ、象牙の帯留、塗りの文箱や金子が盗まれたことを明かした。

それはしかも、白昼の出来事だったとも言う。

「夜更けではなく、ですか」

小梅が尋ねると、彦大夫は大きく頷き、

「夜更けの屋敷をうろつけば、すぐに怪しまれるではないか」

真顔で囁（ささや）いた。

二千石取りの旗本家ともなると、屋敷には多くの者たちが出入りするのだと彦大

夫は続けたが、それは小梅もよく知っている。

他家の主人や奥方などが時候の挨拶にやって来るし、親戚知人なども届け物に来たり碁を打ちにやって来たりする。そんな時、家臣を伴う者もいれば、奥方などは侍女を伴って来る。

そのほかに、毎日ではないが、庭師も来れば畑地の世話を頼んでいる百姓もやって来る。気ままに買い物に行けない奥方や姫御のために、呉服屋や担ぎの小間物屋や貸本屋も来る。日々の暮らしに欠かせない米屋、油屋、味噌醤油屋、数え上げたらきりがないほどの商家の奉公人も顔を出す。

「それだけではないのだ」

彦大夫はそう言い、屋敷に奉公する台所女中、奥向きの女中、多くの下男の身内が、江戸見物に来たと言っては屋敷を訪れたりするのだと続けた。

「しかも、口入れ屋の斡旋で屋敷に来ている奉公人たちは、三月には出替といって、一年ごとに入れ替わりがある。半年務めの者の出替は、三月と九月ということになっておるのだよ」

屋敷の様子を口にした彦大夫は、ことほど左様に人の出入りの多いところでは、見知らぬ男や女がいても、いちいち怪しんではいられないということを言おうとしたのだった。

「で、あるからな、世間では『からす天狗』は男という者がおるが、屋敷に入り込むには女の方が都合のよいこともあるのだよ」

彦大夫の言うその理屈に、小梅は思わず、なるほどと胸の中で声を上げた。

同時に、脳裏には、思い詰めたお園の顔が浮かんだ。

「箔屋町なら、ここを曲がった方がよいのではないか」

本材木町三丁目の丁字路で足を止めた彦大夫が、西へと延びている通りに手を差し向けた。

「では、わたしはここで」

小梅が頭を下げると、

「うん。ではまたいずれ」

彦大夫は返事をして、楓川沿いを南へと歩き出した。

ひたすら南に向かえば八丁堀を過ぎ、本願寺のある築地へと至るのだ。

しばらく彦大夫を見送った小梅が、箔屋町へと延びる道へ入りかけた足をふと止めた。

楓川に面して軒を並べている一軒の商家の廂に下がっている看板が眼に留まっていた。

大きな看板には『材木問屋　日向屋』の文字が彫られている。

小梅は以前、大川端町の『木瓜庵』という別邸のような家に療治に出向いたことがあった。

実際に灸を据えたのは、客人と思しきお武家だったのだが、療治代と言って一分（約二万五〇〇〇円）を差し出したのが『日向屋』の主、勘右衛門だったのだ。

三

小梅が、日本橋箔屋町の『加賀屋』を訪れるのは、今日で二度目である。

『加賀屋』の十八になる娘が、時や場所柄にかかわらず、頻繁に屁をひりたくなるという悩みを抱えていた。それは、四半刻（約三十分）に一度か二度くらいの間隔で押し迫るので、観劇は無論のこと、茶や花の稽古も、たとえ家族だけで料理屋へ行くのにも恐れが先立ち、この一年くらい、引きこもっているということだった。

一月ほど前、小梅は初めて娘と会ったのだが、その時の様子や母親の話から、臓腑の働きが鈍っているのと気の病もあると診て、『中脘』『天枢』『関元』『期門』『気海』という腹のツボに灸を据えた。

その日の灸据えを終えると、

「今後は、わたしが娘に灸を据えてやろうと思います」

母親からそんな申し出があったので、ツボの場所を教えた後に辞去して以来、『加賀屋』から声が掛かることはなかったのだ。

小梅が待たされている部屋は、日を浴びた障子のせいで明るい六畳間だった。

部屋に通されてほどなくして、

「お待たせしました」

廊下の襖を開けた四十ほどの母親は、ひとつ頭を下げると部屋に入り、小梅の向かいに膝を揃えた。

「その節はお世話になりまして、ありがとう存じました」

「その後、娘さんのお加減は如何か気にはなっていたんですが」

小梅は、手を突いている母親に穏やかに声を掛けた。

「ツボを教えていただいた後、おようには、あ、申し遅れましたが、わたしは美乃と申しまして、娘はおようと申します」

母子の名を初めて知った小梅は、

「わたしは、小梅といいます」

改めて名乗った。

お美乃は、娘の屁の頻度は心なしか減ったような気がするものの、外へ出たがらないおようの気おくれは以前と変わりはないと言って、顔を曇らせた。

「どうしたものかと考えておりましたら、小梅さんが以前、娘の持病は臓腑の働きが鈍っているのと、気の病を抱えているのではないかと口になすったことを思い出したんです」

お美乃が言ったことは、小梅も覚えていた。

「それで、思い切って娘を表へ連れ出して、気分を変えさせるというような荒療治をしていいものかどうかお聞きしたくて、わざわざお出でいただいたのですよ」

お美乃の思い付きは突飛すぎて、小梅には返す言葉もなかった。

医者ならともかく、一介の灸師に、母親の言うような荒療治が効くかどうかの判断などつきかねる。

だが、お美乃は、

「浅草に行って、おようの好きな芝居の見物をさせるというのは如何なものでしょう」

と、腹案を持ち出した。

「そりゃ、娘一人で行かせるのは無理とは分かっております。それで、どなたか、おようの病がどういうものか心得たうえで同行していただき、出先で困ったことが起きた時も、うまく手立てを講じてくださる方について行っていただくというのは、如何なものでしょうねぇ」

「医者じゃありませんから何とも――ただ、他人事として言わせていただければ、賭けてみる手はあるかもしれません。いい方に転ぶか、さらに悪くなるかもしれないという賭けですけど」

小梅が自信なげに思いを述べると、小さく「ん」と唸ったお美乃は天を仰いで、しばらく息を詰めた。

「およう の芝居見物は、小梅さんに連れて行っていただくわけには参りませんでしょうか」

突然両手を突いたお美乃に縋るような眼で見上げられた小梅は、

「行くのはいいのですが、ただ――」

口籠ってしまった。

およう を連れて行くことについて、小梅に否やはなかった。

口籠ったのは、『加賀屋』の娘と芝居に行くと言った時、お寅からどんな反応が向けられるか、そのことが気にかかるのだ。

日本橋の『加賀屋』なら、芝居茶屋を通して高額な二階の桟敷席を用意するに違いない。となると、幕間には茶屋の者が菓子や茶を桟敷に運んでくれる。

昼時ともなると、茶屋に案内されてゆっくりと弁当を食べ、観劇後の茶屋では、普段口に出来ないような料理の数々が並び、下にも置かないもてなしを受けることになる。

そうなると、芝居茶屋の内側をよく知っているお寅は、

「自分だけいい思いをして」

などと、大いに僻むと思われる。

それが一時で済めばまだいいが、後々まで、折に触れて嫌味や恨みを向けられることになりかねないのが、なんとも気が重い。

「療治をするわたしが付いて行けば、おようさんは安心かもしれませんが、それで荒療治になるものでしょうか。それよりは、馴染みのない人に付いて行ってもらった方が、かえって効き目がありそうな気がしますが」

小梅が迷いを断ち切るように口にすると、

「その、馴染みのない人というのは――？」

お美乃は不安げに声をひそめた。

「『薬師庵』に療治にお出でにもなりますし、こちらから出療治にも行く、浅草橋の人形問屋の六十になったご隠居さんでは如何でしょうね。世事にも明るく洒脱で、おようさんの悩みを知っても、それを話の種にするようなお人じゃありません」

小梅の頭の中には、柳橋にほど近い人形問屋『白虎堂』の隠居、弥市の温厚な顔が浮かんでいた。

「ですが、浅草という土地は廓も近く、雑多な人が詰め掛けると聞きますし、酔っぱらいや乱暴者が近づいてきたときなど、六十のご老人一人では心もとないような気もしますが」

　お美乃の表情には、依然として不安が貼りついている。

「それでしたら、わたしやうちの母親も以前から懇意にしている男衆（おとこし）がいますから、その人にもついて行ってもらうのはどうでしょう」

「そのお方はどういうお人なんでしょうか」

「名は佐次っていうんですが、年は三十です」

　そう伝えた小梅は、もとは両国の香具師の元締『鬼切屋』の若い衆で、漢気（おとこぎ）を看板に世渡りをしていた男だと言おうと思ったのだが、それはやめた。

「もう何年も船宿の船頭をしていて、御贔屓の信頼も厚い頼りになる人なんです。日本橋あたりの商家の旦那衆や俳諧師、絵師を乗せて大川を行き来してますから、世情にも明るいし、船同士が揉めるようなことになっても、上手く立ち回れる度量を持ち合わせてる人なんです」

　普段思っているよりも、かなり誇張して伝えると、

「小梅さんのお眼鏡にかなうお人なら安心です。ぜひ、そのお二方にお願いしたい

と思います」

お美乃は、丁寧に両手を突いた。


堀江町入堀に架かる親仁橋を渡り切ったところで、小梅はふと足を止めた。

日本橋の『加賀屋』に呼ばれて行っての、帰途である。

七つ（三時半頃）という頃おいだろう。

小梅は、東の堀江六軒町の方に向けていた足を、南の小網町二丁目横町へと向きを変えて歩き出した。

船頭の佐次の弟分である吉松は、『文敬堂』という版元が出す読売をはじめ、江戸の名所案内や岡場所の評判記などを辻売りするのを生業にしていた。

小網町二丁目横町の長屋に住んでいる吉松を訪ねて、『からす天狗』の様子が聞けないものかと、急遽、行先を変えたのだ。

五軒長屋が向かい合っているどぶ板の路地を行くと、戸口の外に出した七輪で火を熾（おこ）している吉松が眼に入った。

「もう夕餉の仕度かい」

小梅が声を掛けると、

「日が暮れたら、腹を拵えなきゃならなくてさ」

吉松は、手にしていた渋団扇で七輪を煽ぎ続ける。

「へぇ、忙しそうじゃないか」

「からす天狗様様ってとこだね。いつもは二十五文の読売を三十文にしても、飛ぶように売れてるよ。そのうち、三十五文に値上げってことになるかもしれないね」

「版元も阿漕だねぇ」

「しょうがねぇよ小梅さん。みんなの眼や耳は、『からす天狗』の動きに向かってるからさ。今度はどこの高札場や寺に盗品が晒されるかってことに関心が向いてるから、夜中になると、方々の高札場に出かけて、『からす天狗』が現れるのを待とうっていう物見高い奴らもいるらしいよ」

「本当かい」

「そんな騒ぎに腸が煮え繰り返っているのが、お奉行所だよ。そりゃそうだろう。盗み取ったものを高札場や将軍家ゆかりの寺の山門に晒されたんじゃ、お上の面子丸潰れだからさぁ」

吉松の言うことに、小梅は頷けた。

「それでね、南北の奉行所じゃ、手隙の同心や小者たちを方々の高札場に行かせて、『からす天狗』を見張るって手に出るらしいんだよ。それで、おれら版元としても、その様子を見物しようじゃないかとなって、早めに腹ごしらえをしておこうって寸法なんだよ」

「それで夕餉の支度かぁ」

「けど、昨日は増上寺に晒しやがったし、からすの野郎も馬鹿じゃねぇから、役人が張りついてるようなとこにゃ寄り付くわけねぇと思うけどね」

吉松がそう言い切った時、七輪の炭から炎が上がった。

吉松は団扇を置くと、釜を七輪に載せる。

「ねぇ、吉松さん。からすの野郎って言ったけど、『からす天狗』は男なのかねぇ。いやね、うちに灸を据えに来るお武家がいるんだけどさ、その人が、武家屋敷には女の人の方が入り込みやすいというようなことを言ってたもんだからね」

「なるほど。実際『からす天狗』を見た奴はいねぇし、男か女かは、謎だね。両国や浅草奥山の見世物小屋にゃ、身の軽い女の軽業師だっているしなぁ」

両腕を胸の前で組んだ吉松は、軽く唸って首を傾げた。

四

筋違御門から日本橋の方へ真っ直ぐ延びている大通りを、道具箱を提げた小梅が急ぎ横切った。

日本橋の『加賀屋』を訪ねてから三日が経った昼過ぎである。

昼餉を摂ると、小梅は急ぎ『灸据所　薬師庵』を後にしていた。

出療治の行先は『薬師庵』から近いところでもあり、刻限も八つ半（三時半頃）だったから特段急ぐことはなかったのだが、回り道をしなければならない用が持ち上がってしまったのだ。

朝の五つ（八時頃）の開業と同時に、『薬師庵』には常連客や初めての客が引きも切らず現れて、小梅とお寅は休む間もないほどだった。

十二月十三日のこの日、客たちの口から出たのは毎年恒例の煤払いのことと、『からす天狗』が次に盗品を晒すのはどこの高札場かということだった。

「高札場とは限るまい。増上寺に晒したのなら、上野東叡山寛永寺にぶら下げるかもしれない」

　という声が上がると、

「だとしたら、五代将軍の生母、桂昌院にゆかりの音羽の護国寺も考えられる」

　という意見も出て、

「ひょっとしたら、鼠小僧の墓のある本所回向院ってこともあるぜ」

　客たちの関心は尽きることはなかった。

　そして突然、

「昨日、浅草で買った読売を見たらよぉ、『からす天狗』は女かもしれないって噂があるらしいぜ」

　お寅から足の『三里』に灸を据えられていた雪駄売りが、立ち昇る艾の煙を手で払いながら口にした。

「なんていう読売に書いてあったんですか」

　小梅が咄嗟に声を発すると、

「さぁ、版元までは確かめなかったがね」

雪駄売りは、小首を捻った。

「版元がどうしたっていうんだい」

お寅が、雪駄売りの足に艾を置きながら問いかけてきた。

「いや、吉松さんが出入りしてる『文敬堂』かどうかをさ」

その場では曖昧に誤魔化した小梅だったが、不安に襲われていた。

その読売を髪結いのお園が眼にしていたら、どうしてそんな噂が出たのかを疑うにちがいないのだ。

神田の通新石町の辻を横切った小梅は、最初の辻を右に折れて神田佐柄木町にある『文敬堂』へと足を速めた。

「こんちはぁ！」

障子戸を開けて『文敬堂』の土間に足を踏み入れるとすぐ、声を張り上げた。

「おぉ、『薬師庵』の小梅さんじゃないか」

土間を上がった板の間で数種の刷り物を種類別に重ねていた三人の男たちの一人が、髭面を向けて声を掛けてきた。

「吉松さんが居ればと思って来てみたんだけど」

「おぉい、吉松ゥ」

別の男が、手を動かしながら声だけを張り上げた。

すると、板の間に下がっている暖簾が割れて、奥から吉松が出て来た。

「お、なんだい」

小梅を見た吉松は、土間の近くに立った。

「ちょっと聞きたいことがあってね」

声を低めると、小梅は他の者から離れた土間の奥へと吉松を誘った。

「なんだい」

吉松は、小梅の前で片膝を立てた。

「吉松さんあんた、この前わたしが口にした、『からす天狗』は女かもしれないって噂話を、ここの読売に載せたりはしていまいね」

「あぁ。そんなふうなことを言ってたねぇ」

吉松は関心のない物言いをした。

「だから、載せたかどうかだよ」

「どこかの版元が、そんなことを載せて売り出したようだが、この『文敬堂』じゃ、そんなあやふやな説は採らないことにしようってことになってるんだよ」

「そりゃよかった」

そう言うと、小梅は安堵の吐息をついた。

「面白可笑しい噂話を載せたら、そりゃみんな飛びついてうちも儲かるが、読売ってのは、儲けるために売るもんじゃねぇというのが、『文敬堂』の親父さんのアレだよ。ええと」

「意気地かい」

小梅が口に出すと、

「そそそ」

笑みを浮かべた吉松は、小さく何度も頷いた。


『文敬堂』を後にした小梅は、心持ちのんびりと、もと来た道を引き返している。

吉松に問い質そうと思っていた用件は思ったより早く片付いて、小梅には余裕が出来ていた。

『加賀屋』のお美乃に頼まれていた娘の観劇の同行者については、小梅が一昨日直に頼み込んで、人形問屋の隠居の弥市と、船宿の船頭、佐次の了解を取り付けていた。

柳橋近くの浅草下平右衛門町にある船宿『玉井屋』では、評判のいい船頭に休まれることに難色を示したものの、佐次が腕のいい代わりの者を用意したお陰で、同行の一人に決したのだ。

どうやら、この三、四日のうちに猿若町の芝居見物に出かける手はずになっていると聞いているから、一挙に肩の荷が下りたような心持ちである。

人形町通を南へ進んだ小梅が、丁字路の角を左に折れて、『玄冶店』への小道に入って行く。

半町（約五五メートル）ばかり先の小道を左に曲がれば、出療治先である囲われ女のお玉の家がある。

「直に『薬師庵』に出向きたかったが、足腰が痛むので出療治をお願いしたい」

高砂町の家で療治を始めてしばらくした頃、お玉の言伝を持った使いが『薬師庵』にやって来て、出療治の依頼をして帰って行ったのである。

「こんにちは、『薬師庵』ですが」

思わぬ回り道をしたものの、取り決めの刻限に、小梅はお玉の家の戸口に立って声を掛けた。

「開いてますから、どうぞ」

お玉の声に応じて、小梅は一、二度入ったことのあるお玉の家の中へ足を踏み入れる。

「こっちです」

お玉の声のする居間の障子を開くと、鉄瓶の載った長火鉢の近くに敷いた薄縁（うすべり）に、腰から下に上掛けを掛けたお玉が、横向きになっていた。

「小梅ちゃん、わるいわねぇ」

「なんの」

返事をした小梅は、お玉の腰のあたりに膝を揃えて、道具箱を置いた。

「まだ、痛みますか」

声を掛けた小梅は、道具箱から線香や線香立てを出しながら、灸を据える支度に手際よく取り掛かる。

「腰はだいぶ楽にはなったんだけどね。足首を捻ったらしく、右足がちょっと」

体を起こしたお玉は、着物の帯を解くと、裾を捲り上げて赤い湯文字を巻いた尻を上にして腹這い、腰のあたりと足首を手でさすった。

お玉が足腰を痛めたわけには心当たりがあった。

先月の末近くだったが、神田の瀬戸物屋の旦那の女房とその倅が、『玄治店』に押しかけて来て、お玉の家の中にある着物や髪飾りなどは亭主が買い与えたものに違いないと言い張る女房と、持ち去りを阻止しようとするお玉との間に壮烈な戦いがあったのだ。

母親と共に来た倅は、女二人の間でおろおろするばかりで、なんの役にも立たなかったことを覚えている。

「まずは腰から据えますよ」

小梅は、裾を捲り上げた着物と湯文字の間に見える色白の腰を四か所、指で押す。

「そのあたり」

お玉がうっとりとした声を洩らす。

「『腎愈』と『大腸愈』のツボです」

小さく口にすると、火鉢に近づけて線香に火を点け、道具箱に置いた線香立てに立て、引き出しの艾を指で丸めて『腎愈』と『大腸愈』にそれぞれ二か所ずつ置き、線香の火を点けた。

腰のツボに五回ほど据えたら、そのあとは、『金門』と『丘墟』、それに『解谿』というツボに灸を据えて、足首の療治に取り掛かる算段である。

「ごめんくださいまし」

四か所の艾に火を点け終わった時、表から、遠慮がちな男の声がした。

「はぁい」

小梅が、腰に火の点いた艾を置いているお玉に成り代わって声を上げた。

「神田鍋町の『笠間屋』の倅、卯之吉でございます」

「あっ、旦那の倅ですよっ」

「お待ちよ」

小梅は、起き上がろうとしたお玉の体を両手で押さえつけ、

「いま、また暴れるようなことになったら、足腰を悪くしますから、ここはわたしが出て、用件を取次ぎますよ」

「お願い」

お玉は、片手を上げて小梅を拝む。

居間を出た小梅は、三和土の上がり口に立つと、

「戸は開いてますから」

戸口の外に声を掛けた。

すると、腰高障子が用心深そうにゆるゆると細く開いて、商家の若旦那風の、二十三、四と思しき男が、中の小梅を見て戸惑ったように小さく頭を下げた。

以前、摑み合っていたお玉と母親の間でおろおろしていた卯之吉という倅を目の端で見かけていたが、顔だちまでは明確に覚えていなかった。

「卯之吉さんと仰いましたか」

「はい」

畏まった声で返答した。

「お玉さんは、灸の療治中ですから、用件はわたしが取次ぎますので」

「では、失礼します」

卯之吉は細く開けていた戸を大きく開くと、片手で抱えていた風呂敷包みごと三和土に足を踏み入れ、小梅の前の板張りに置いた。

「これは、先月わたしの母が、こちらさまの着物二枚と帯ともども持ち去った茶碗や櫛笄、それになぜか三味線の撥などもありましたのでお返しに参りました。検めていただきとうございます」

卯之吉は、丁寧な口上を述べた。

「お玉さん」

「聞こえてますっ」

声を上げるや居間の障子を開けたお玉は、髪を乱して腹這いのまままるでヤモリのように手と足を動かして、小梅の傍へと這い進んできた。

「そのお姿は」

卯之吉は、言いかけた言葉を途中で飲み込んだ。

「先月、お前さんのおっ母さんと揉み合った時に、足と腰を痛めてしまったんですよ」

代わりに小梅が伝えると、

「申し訳ございません」

掠れた声を発した卯之吉が、深々と腰を折った。

　そんなことには構わず、お玉は腹這ったまま、風呂敷包みの結びを解いて中身を晒した。風呂敷に包まれていた二枚の着物と半襟、帯や扱き、不揃いの茶碗や椀、二、三の櫛笄、それに三味線の撥までもが、姿を現した。

「この着物も櫛も、あたしが芸者の時分に御贔屓からもらったものなんだよぉ。この茶碗なんか、室町の『肥前屋』で買った伊万里なんだ。あんたのお父っつぁんの『笠間屋』に並んでたもんじゃないんだ。それをなんだい、あたしが旦那さんに持って来させたような口をききやがって。あんたのお父っつぁんが買ってくれたもんといったら、孫の手や風鈴ぐらいなんだ」

　這ったまま両手を広げたお玉が、戻ってきた品々を自分の胸の前にかき集めた。

「これを戻すことを、おかみさんはなんと」

　小梅が恐る恐る尋ねると、

「お父っつぁんがこちら様に買ってやったものなら、それはもうこちら様の持ち物ですから、お返しするのが筋だと思いまして」

　卯之吉は困惑したように首を傾げた。

「おかみさんが、そう？」

目を丸くして口を開いたのは、お玉だった。

「いえ。おっ母さんには黙ってお返ししようと、わたしがそう決めました」

卯之吉の打明け話に、お玉はぽかんと口を開けた。

「それで、おかみさんやお前さんがここに押しかけて来たことについては、旦那はなんと言っておいでなんです」

卯之吉の顔色を窺うようにしてお玉が問いかけると、

「そのことは、わたしもおっ母さんも、お父っつぁんには話しておりません。話せば、さらにまた面倒なことになる気遣いもございますし。ですから、こちら様の灸のお代は、今度参りました時にでもわたしが御支払いしますので、書付にして取っておいてくださいまし。それに、この前母が来た時、行先の分からなくなった品物がほかにもあれば、それもその時に改めてお伺いしますので、書き留めていただきたく、よろしくお願いいたします。では、わたしはこれで」

一気に述べると、卯之吉は腰を折った姿勢のまま踵を返して外へ出ると、静かに戸を閉めた。

小梅とお玉は、遠ざかって行く卯之吉の足音を、言葉もなく聞いていた。

五

『玄治店』のお玉の灸を据え終わった小梅が、『灸据所　薬師庵』に戻って来たのは、七つ半（四時半頃）という刻限だった。

日が沈むのは、まだ四半刻ほど後という頃おいである。

小梅が出入り口脇の療治場に入ると、

「今だったのかい」

艾の匂いが立ち込める中で、自分の道具箱を片づけていたお寅から声が掛かった。

「『玄治店』でちょっとしたことがあってね」

「ふぅん」

お寅はたいした感慨もなさそうに道具箱の引き出しを仕舞うと、

「そうそう。お前にはこの後、出療治に行ってもらいたいんだよ」

「どこへさ」

「深川の三十三間堂の東隣りにある宮川町の『石野屋』って旅籠なんだよ」

「知ってる旅籠かい」

「初めてなんだけどさ」

「おっ母さん、深川は遠いからよほどの馴染みの所にしか出療治はしないと言ってるじゃないか」

「旅籠の使いにはそう言ったんだけどさ、この前まで相川町の『小助店』に住んでた屋根屋の吾平さんから評判を聞いていたなんて言うもんだからさぁ」

お寅は小梅に片手を向けて、拝んだ。

吾平というのは、去年十月の大火で長屋を焼かれて深川に移り住んだ男である。

今年の十月の末、吾平の持病である腰痛の療治に行った小梅は、『小助店』の住人に対して理不尽な店立てを迫る、油堀の猫助の子分たちを懲らしめたことがあった。

吾平によれば、油堀の猫助という博徒の親分は、『小助店』の家主である深川の材木問屋『木島屋』の意を受けているということだったので、小梅はその日のうちに『木島屋』に乗り込み、荒っぽい店立ては如何なものかと談判に及んだという顚末があったのだ。

「下野から江戸見物に来た百姓の米八って人なんだけど、足腰の療治だけで、一朱（約六二五〇円）は出すって言うもんだからさぁ」

一か所二十四文というのが灸の相場だから、一朱だとその十倍の額になる。

お寅が引き受けたのも、分かると言えば分かる。

「それで、刻限は」

小梅は仕方なさそうな声で尋ねた。

「六つ半時分（六時半頃）に来てくれれば、帳場の番頭さんが案内してくれると言ってたよ」

「分かった」

返答した小梅は、道具箱の引き出しを開けると、線香などの不足分を補充し始めた。

「途中、どこかで夕餉を済ませた方がいいね」

「永代寺門前で腹ごしらえをしていくけど、おっ母さんは」

「ま、なんとでもなるさ。近くには、鰻屋も蕎麦屋もあるしさ」

夕餉にはすでに目論見があるようで、お寅はふふふと不敵な笑みを浮かべた。

日が沈んでから四半刻が経った永代寺門前町一帯は夜の帳に包まれようとしていた。

大島川に面した一膳飯屋で夕餉を摂った小梅は、西の空に幾分赤みが残っているのに気付いた。

深川に来たら馴染みの居酒屋『三春屋』に行けばいいのだが、仕事の前に酒の匂いを嗅ぐとどうも落ち着かないので、初めての飯屋に飛び込んだのだ。

鉄色の裁着袴に、草柳色に黒の立湧柄の着物を身に付け、手には道具箱を提げた小梅は、大島川沿いの道を蓬萊橋の方へと足を向けた。

残照のせいか、川面が赤黒い色をしてゆらゆら揺れている。

まるで油を流したかのように、ぬらりとした色合いだった。

蓬萊橋の北詰で足を止めた小梅は、対岸の角に立っている居酒屋『三春屋』の腰高障子に、店内の灯が映っているのを、なんとなく確かめてみた。

帰りにでも寄ろう――胸の内で呟いた小梅は富ヶ岡八幡の方へ足を向けた途端、足を止めて空を見上げた。

東の空に掛かった薄雲の向こうに、やけに赤みを帯びた月が浮かんでいた。

まるで芝居の書割(かきわり)に描かれるような赤い月だった。

目を留めたのは一瞬のことで、小梅はすぐに永代寺門前を東西に延びる馬場通へと急いだ。

馬場通の二ノ鳥居前で右に曲がった小梅は、一気に三十三間堂前に差し掛かっていた。

「待ってください」

聞き覚えのある女の声がすると、三十三間堂へと通じる小路の陰から、厳しい顔をしたお園が出て来て小梅の行く手に立ち塞がった。

「深川に呼び出したのは、お前さんか」

小梅が声を発すると、

「行き先は、あんたが出かけた後、おっ母さんに聞きましたよ」

小梅の不審に気付いたらしく、感情を込めずに返答して、

「通り道じゃなんですから、境内へ」

先に立ったお園は、三十三間堂の境内へと入って行く。

月明かりしか届かない境内の、梅の大木の傍で足を止めたお園が、

「『からす天狗』は、女かもしれないと洩らしたのは、あんただろう」

凄みのある声を投げかけた。

「あぁ。そのことはすまないと思ってるよ」

小梅は素直に頭を下げた。

「やっぱりね。読売を刷っている版元にあんたの知り合いがいることは知ってるんですよ」

お園は、吉松のことを口にした。

「でも、これだけは言っとくけど、吉松が出入りする版元の『文敬堂』じゃ、『からす天狗』が女なんて思ってもいないそうだよ。世間には、戯作者みたいに話を面白おかしく作り上げる連中がいるんだから、どこかの版元が思いつくってこともあるんだよ」

「この前、わたしの邪魔をするなら容赦しないと言いましたよね」

低い声を発したお園が、小梅に向かって半歩踏み込んだ。

「邪魔はしないよ」

「でもね、『からす天狗』と言われてる盗人が女だと知ってる人がいるだけでも、わたしには邪魔なんですよ。あんたが以前、世間を騒がすわたしの動きが目障りだと言ったように、わたしにとってもあんたは」

言うなり、お園が懐に呑んでいた短刀を引き抜いた。

咄嗟に後退った小梅は、道具箱を地面に置くと、梅の木の周りを囲っている柵から白木の棒を一本、急ぎ引き抜いて棒術の構えを取った。

幼い時分から芝居小屋に出入りしていた小梅は、遊び相手になっていた大部屋の役者たちが稽古をする殺陣の棒術を、知らず知らずのうちに身に付けていた。

棒を構えた小梅と、短刀を構えたお園は、睨み合ったまま微動だにしない。

少しでも動けば、どちらかが傷を負うような緊迫感が張り詰めている。

その時、急ぎ足で現れた人影が、対峙している二人に気付いてビクリと足を止めた。

「あっ、おめぇは――！」

そんな声を発したのは、小梅に眼を留めた、頬被りをした尻っ端折りの男だった。

「どうしたっ」

続いて現れた二人の頬被りの男の一人が、

「兄ぃ、女が、こんなとこに居やがったぜっ」

またしても小梅に眼を留めて、低い声で凄んだ。

「宮川町の旅籠に来いという言付けを聞かなかったのかよっ」

小梅に迫ったもう一人の頬被りの男が、前歯が二本欠けた口を大開きにした。

「歯抜けのお前さんは、油堀の猫助の子分だったね」

ずばりと口にした小梅が棒を向けると、頬被りの男三人はうろたえたように身構えた。

「歯抜けは伝吉さんで、後の二人は金壺眼の弥助さんと小太りの重三さんだろう」

小梅が名を口にすると、

「ここで殺(や)るしかねぇな」

伝吉が懐から引き抜いた匕首(あいくち)の刃が、月の光を一瞬煌(きら)めかせると、弥助と重三も次々に匕首を手に身構えた。

「わたしを殺したいわけはなんだい」

小梅は、怯むことなく頬被りの三人と正対する。

「いつまでも、『木島屋』の小三郎のことをしつこく探し回るからこんな日に遭うんだよ」

「小三郎って手代のことが知られては困るってことかい」

小梅が伝吉に言い返すと、

「おめぇが、そういうふうにうるさく聞くから、旦那は敵わねぇと仰るんだよ」

重三はそう凄み、

「うるさい蟬は鳴き止ませるしかねぇんだよ」

弥助は金壺眼をさらに大きくした。

「決着はまたのことにしますから、お前さんはこのまま帰っておくれ」

小梅が静かな声をお園に向けると、

「いいえ。『木島屋』に関わりのある屑どもなら、わたしにも敵ですから」

抜いた短刀を握ったまま、お園は凄みのある声を上げた。

「敵とはなんだい」

小梅が問いかけるとすぐ、

「二人とも殺して、深川沖に流しちまうしかねぇ」

伝吉は大声を上げるや否や、振り上げた匕首を小梅に向けて振り下ろす。

足を引いて匕首を躱すと、腰を落とした小梅が伝吉の膝頭に棒を打ち込んだ。

「ギェッ」

奇声を上げた伝吉が腹からドッと倒れると、弥助は小梅に刃を向け、重三は切っ先を振り回しながらお園に迫る。

重三に向かって短刀を構えているが、お園の動きは、刃物を手にしての修羅場に慣れているようには見えない。

「タァッ」

棒を槍のようにして持つと、小梅は弥助に向かって突進し、鳩尾の辺りを突いて倒す。

「てめぇら」

声を振り絞って凶暴な眼を剝いた重三が、お園に向かって匕首を突き出そうと迫った。その時、暗がりから飛び出して来た人影が、重三の襟首を摑んで地面に引き倒した。

袴を穿いた影は腰に刀を差しており、侍のようである。

伝吉はじめ弥助や重三らはもぞもぞと起き上がると、足を引きずったり、痛む腹を押さえたりしながら、境内の闇の向こうによたよたと駆け去って行った。

「大丈夫かね」

加勢した人影の声に、小梅は聞き覚えがあった。

月明かりに浮かんだのは、式伊十郎の顔だった。

「加勢するならするで、もっと早く出て来たらどうなんです。さっきから、その暗がりからこそこそ窺ってたくせに」

小梅が文句を言った。

「いやその、ただの喧嘩だと思って、どっちに付くべきか思いあぐねておって」

言い訳をした伊十郎は、小梅からお園に眼を転じ、

「こりゃ、この前の」

笑みを浮かべた。

だが、お園は伊十郎にはなんの反応も示さず、小梅に軽く会釈をしただけで足早にこの場を去って行った。

「嫌われたかな」

去って行くお園を見て呟くと、伊十郎は無精ひげのある頬を、片手でざらりと撫でた。

それを見て小さく笑った小梅が、

「でもまぁ、加勢していただいたお礼はしなきゃいけませんかね」

そう口にすると、

「それならば言うが、少々腹が減っているのだが」

伊十郎はすかさず乗った。

六

永代寺門前界隈の華やかさとは違い、油堀の両岸一帯はところどころに、底知れぬ闇のような小路の暗がりが点在している。

明かりが灯っているのは小体な飲み屋か、通りがかりの男に声を掛ける女の影を作っている、怪しげな家の灯くらいである。

伊十郎とともに三十三間堂を後にした小梅は、一旦、馬場通の二ノ鳥居まで戻った。

「礼をする前に、少し立ち寄りたいところがありますから、先に行って飲み食いをしていてください」

大島川に架かる蓬莱橋を渡った先に下がっている、居酒屋『三春屋』の提灯を指し示してから、小梅は深川平野町にある『油堀の猫助』の家へと足を向けたのだった。

富岡橋を渡った小梅は、油堀河岸に面している猫助の家の前で足を止めた。

『猫』という一文字が書かれた腰高障子の中に、明かりはない。

閉め切られた板戸の隙間を覗いてみたが、人のいる気配はない。

とんとんと、小梅が障子戸を叩く。

「猫助親分」

声も掛けたが、中からは何の応答もない。

博徒の親分の家が、日暮れて一刻（約二時間）しか経たない刻限に戸を閉め切って眠りに就くはずはあるまい。

子分たちが殺し損ねたことを知った猫助は、小梅が押しかけて来るのを見越してどこかの飲み屋で苦々しく酒を呷り、しくじった子分たちに毒づいているのかもしれない。

猫助の家の前を離れた小梅は、油堀に沿って足早に材木町へと進み、材木問屋『木島屋』の表で足を止めた。

表の戸はすべて閉められていて、中の様子は窺えない。

材木問屋の朝は早く、日が暮れたら戸を閉めることくらい、小梅は承知している。

板戸に耳を付けてみたが、中からは物音ひとつしなかった。

居酒屋『三春屋』のある深川佃町界隈は、夜遅くまで賑わう永代寺門前から近いというのに、ひっそりとしていた。

深川佃町の南は海辺新田で、さらにその南には越中島新田と続いた先は行き止まりで、その先は深川の海である。

賑やかさも人の流れも、どうやら大島川が関所となって通せんぼをしているかのようだった。

永代寺の時の鐘が五つ（七時半頃）を打ってから、半刻（約一時間）ばかりが経った時分と思われる。

明かりの映る戸を開けた小梅が土間に足を踏み入れると、『三春屋』の中は客たちの賑やかな話し声や笑い声が飛び交っていた。

「いらっしゃい」

料理と徳利を盆に載せて通り掛かった女将の千賀が、

「お待ちかねよ」

入れ込みの板の間の方を顎で指し示した。

数組の客たちが飲み食いする板の間の、土間に近い一角で湯呑を口に運んでいる伊十郎の姿が小梅の眼に留まった。

「先に飲み食いをするよう言ったのに」

「あたしは勧めたんだけど、小梅ちゃんを待つっていうもんだからさ。律儀というか固いというか。とにかく上がって」

促した千賀は先に立って土間から板の間に上がり、三人連れの客の方に向かった。

小梅は、胡坐をかいて茶を飲んでいる伊十郎の前に膝を揃えると、道具箱を脇に置いて、

「遅くなりまして」

軽く頭を下げた。

伊十郎はすぐに「いやいや」と片手を打ち振って、さっと居住まいを正す。

「おいでなさいまし」

客の座に徳利と料理を置いてきた千賀が、小梅の横につと座り、手を突いて伊十郎にお辞儀をした。

すると、

「こちらに酒と肴を見繕って来ましょうか」

いつの間にか土間に立っていた貞二郎が、千賀にお伺いを立てた。

「そうしてもらいましょうか」

千賀が頷くと、

「おじさん、こちらには腹に溜まる肴をね」

「分かったよ」

小梅に答えた貞二郎は、板場へと戻って行く。

「こちら、この間からわたしをつけ回していたご浪人なんだけど、今夜はなんだか、破落戸（ごろつき）どもを追い払ってくれましてね」

「あ、式伊十郎と申す」

　千賀に頭を下げた。

「こちらは店の主のお千賀さん」

「千賀と申します。今後とも御贔屓に」

「しかし、深川に住んで一年になるが、この辺りにこのような店があるとは」

　伊十郎が店の中をさりげなく見回すと、

「深川はどちらに」

「油堀の北の、万年町です」

　伊十郎は、千賀の問いにすらすらと返答する。

「先に酒をお持ちしました」

　入れ込みに近い土間に立った貞二郎が、小梅たちが座っている板の間に二合徳利とぐい飲み二つを載せた盆を置き、

「肴もおっつけ」

　軽く会釈をして、貞二郎は板場へと引き返して行く。

「ひとつ、お酌を」

千賀は、ぐい飲みを伊十郎に持たせると、徳利を手にして酌をする。

「小梅ちゃん」

「わたしは手酌だからいいの」

小梅は千賀に断ると、

「ご浪人、このあとはお互い手酌ということでいいね」

「承知した」

伊十郎は小さく頷くと、千賀に注いでもらった酒に口を付けた。

「それじゃ、ごゆっくり」

千賀は微笑みを残して腰を上げると、土間に下りて板場へと入って行く。

「式さん、お前さんさっき、腹が減ったというからここを教えたんだよ。わたしなんか待たずに、さっさと食べてたらよかったじゃないかぁ」

小梅は、自分のぐい飲みに徳利の酒を注ぎつつ、非難がましい物言いをした。

「こっちとしたらさ、待たせてしまったっていう、そんな思いにさせられるんだからさぁ。参るよ」

「いやぁ、もし現れなかったらと、ふと心配になって」

「なにが心配ですか」

「いささか手元不如意ゆえ、現れないときはここの払いはどうなるのかと、その」

伊十郎の返答に文句を言おうとしたが言葉が見つからず、小梅は思わずぐい飲みの酒を呷(あお)った。

近くの客たちから、明るい笑い声が上がった。

周りで飲み食いしている客たちからは、今日の煤払いや、明日の十四日から始まる歳(とし)の市に関する話が飛び出していた。

正月を迎えるに当たり、人々は、注連(しめ)飾(かざ)りや神棚をはじめ、昆布や勝栗(かちぐり)、橙(だいだい)などの縁起物を買い、羽子板や鞠(まり)といった子供の玩具や、火吹竹、楊枝、歯磨粉などの日用品も歳の市で買い揃えるのが師走の習わしだった。
十四、十五日の深川八幡の歳の市を皮切りに、十七、十八日の浅草観音、続いて神田明神、芝神明社、芝の愛宕(あたご)神社と順々に市が立つのだが、羽子板市とも呼ばれる浅草観音の歳の市が、例年、多くの人々を集めていた。
「しかし、灸師のあんたが、油堀の猫助や材木問屋の『木島屋』と、どういった関わりがあるのかというのが、いささか不思議でね」

徳利を持った伊十郎は、自分のぐい飲みに酒を注ぎながら、首を捻った。

「以前、うちの灸据所に通っていた日本橋の屋根屋が、家移りした先の深川相川町で、乱暴な店立てにあってるのを知って、『木島屋』に談判に乗り込んだのが、関わり合いの取っ掛かりでしたよ」

小梅はさらりと打ち明けた。

知り合いの屋根屋が暮らしていた『小助店』の住人に対して、『油堀の猫助』の子分たちが暴れたり恫喝したりという許しがたい所業を繰り返して店立てを迫っていたのは、家主である『木島屋』の意を受けてのことだと小梅には見えた。

乗り込んだその時、『木島屋』にいた油堀の猫助が腹を立て、その場にいた子分たちをけしかけたのだが、小梅はそれを返り討ちにしてしまった。

「あぁ、おれがあの時見ていたのは、その騒ぎだったのか」

独りごちた伊十郎は、大きく頷いた。

「『木島屋』から引き上げるわたしを追って来ましたね」

「うん。覚えている」

そう言うと、伊十郎は小さくうんうんと頷いた。

「お待たせを」

貞二郎が板の間に近い土間に立ち、蕪の風呂吹きや焼き豆腐、それにひじき煮や芋煮の盛られた皿や丼を小梅と伊十郎の間に並べると、板場へと戻って行った。

「わたしは夕餉は済ませましたから、遠慮なくどうぞ」

小梅が勧めると、

「では」

伊十郎は一礼して箸を取った。

七

居酒屋『三春屋』の入れ込みの客が、二、三人出たが、同じ数の客も入って来た。

伊十郎は一心不乱に料理を腹に納めていたが、しばらくすると満足したのか箸を置いて、酒に切り替えた。

「だが、その後も『木島屋』を訪ねて来ていたようだが」

手酌しながら口を開いた伊十郎に、小梅は一瞬身構えた。

その口ぶりに詮索するような響きはなかったが、小梅はなんと応えたものかと、躊躇した。

「去年の十月の、日本橋堺町、葺屋町の火事で、周辺の町が焼けましたね」

小梅が思い切って切り出すと、

「あぁ」

伊十郎は、ぐい飲みを口に運びかけていた手を止めて、小さく頷いた。

その火事で、市村座の床山だった父の藤吉が焼け死に、恋仲だった中村座の役者、坂東吉太郎は、顔に火傷を負って廃業に至ったことを打ち明けると、

「それは、なんと申せばよいか」

困惑した様子の伊十郎は、酒の残ったぐい飲みを静かに板張りに置いた。

「芝居町の火事の火元は、確か、中村座だったたね」

「そうなんですが、この前、一年近くも行方の知れなかった恋仲の清七さんから、坂東吉太郎のことですが、十月の晦日に呼び出されて会った時、中村座が火元になったことに、ひどく疑いを持っていたんですよ」

小梅は、一年以上も前から清七の周りで起きていた奇妙な出来事について話し始めた。

大部屋役者である坂東吉太郎こと清七に、「役者として買っている」という触れ込みで近づいて来たのは、才次郎という京扇子屋だった。

料理屋に招かれて二度ばかり飲食をともにした頃、大工の辰治という男を引き合わせた後、才次郎はぷっつりと姿を消し、その後、清七は、辰治との交誼を重ねることになったのだ。

そして小梅は、あの一年前の、十月六日の夜のことに、話を進めた。

その夜、辰治とともに芝居町の居酒屋で飲んだ清七はしたたかに酔い、

「中村座の楽屋にでも泊めてもらいたい」

という辰治の頼みを聞き入れて、二階の大部屋で寝かせることにした。

そして、翌七日の夜明け前に中村座から出た火は、あっという間に燃え広がり、大火事を引き起こしたのである。

火傷を負った挙句に助け出された清七は、楽屋に泊まらせた辰治の生死を確かめるべく奔走したのだが、ついにその行方は分からずじまいだった。

「もし、生きていたなら現れただろうが、あの火事では、顔かたちの分からない死人もいたというから、捜しようはなかったと思うがね」

伊十郎の口から、そんな不審が飛び出すと、

「ですがね、辰治を捜す手掛かりはあったんですよ」

小梅は低い声でそう言い切った。

その手掛かりというのが、辰治の腕にあった、賽子(さいころ)を咥(くわ)えた蛇の彫物だと打ち明けると、

「それで」

伊十郎は、関心を示して軽く身を乗り出した。

「二月前、刺し殺されて大川に浮かんだ死人の腕に、そんな彫物があったんですよ」

小梅はそう言い、さらに、その男がどこの誰なのか、読売に載せて身元捜しをしたところ、かつて『油堀の猫助』の子分だった『賽の目の銀二』という下っ端の男だと知らせる者が現れたことも述べた。

「ほう」

伊十郎は、さらなる関心を示した。

「辰治と名乗った大工が、実は博徒の一党で、その男を引き合わせた京扇子屋の才次郎は二度と現れなくなったわけです。清七さんは、二人の男が自分に近づいたのは、芝居小屋に入り込んで火付けをするためだったんじゃないかと思い込んだようなんですよ」

そこで一旦息を継いだ小梅は、

「そのことが悔しくて、清七さんは事の真相を探ると言い残して飛び出して行ったんです」

その時の光景を思い浮かべて言った。

「それで、清七さんはその後――？」

「それから五日が経って、『死んで汐留川に浮かんでいた清七さんが見つかって、上野南大門町の実家で弔いは済んだ』と、下っ引きをしている幼馴染みから聞かされました」

「なんと――！」

声は低いながら、伊十郎の声には鋭さがあった。

「首に絞められた痕のようなものはあったそうですが、他に大きな傷はなく、殺されたのか自死なのか、役人には判別出来ないということでした。その後、役者を続けられなかった末に身投げをしたという輩もいましたけど、わたしに言わせりゃ、決して身投げなんかじゃありませんよ」

冷静だった小梅だが、最後の方では、少し高ぶりを見せた。

「体に傷を付けなくても、人は殺せるからね」

ぽつりと口にした伊十郎が、ぐい飲みを口に運ぶ。

「何人かで押さえつけて、顔に濡れた紙か手拭いを載せれば、息は出来なくなる。つまり、殺しかそうでないかの判断が難しくなるんだよ」

「式さん、殺しには詳しいのかい」

そう言った小梅に眼を向けた伊十郎が、小さく「ふふ」と笑って、ぐい飲みの酒を飲み干すと、

「清七さんは、その二人を捜し出す手掛かりを持っていたのかねぇ」

笑みを消した顔で、呟いた。

小梅は、清七と会って別れた日の夜、『才次郎という男の耳の下には黒子があ

る』というようなことを走り書きした清七の文が、『薬師庵』に投げ込まれていたことを打ち明け、

「わたしは、そんな男に見覚えがあったんですよ」

とも告げた。

材木問屋『木島屋』の甚兵衛が語ったところによれば、耳の下に黒子があるその男は『木島屋』の手代、小三郎だったのだが、小梅が訪ねた日の前日に故郷の下野国に帰ったと聞かされたきり、消息がふっつりと絶えていることも、伊十郎に言い添えた。

「なるほど」

天井に顔を向けた伊十郎は、

「材木問屋『木島屋』と『油堀の猫助』は、去年の芝居町の火事の前から繋がっていたということなのかねぇ」

ぶつぶつと声にした。

「お役人によれば、『賽の目の銀二』は、腹の急所を見事に一刺しで仕留められていて、相当な手練れの仕業だということでした」

「なるほど」

「この間から、騒動に駆け付けた様子を見てますと、あなた様も腕には覚えがおありのようですが」

「いやいやいや」

伊十郎は片手を左右に打ち振ると、

「稽古を積んだことはあるが、使い手というほどのことはないなぁ」

しきりに首を傾げた。

小梅は、徳利を摑んで自分のぐい飲みに酒を注ぐ。

その脇を、近くで飲み食いしていた職人風の男が三人ふらふらと通り過ぎ、土間に下りた。

「お帰りですか」

板場から出て来た千賀が、職人たちから代金を受け取った。

ぐい飲みを口に運びながら見回すと、小梅と伊十郎の他に残っているのは、いつの間にか二組ほどになっていた。

「気を付けてお帰りよ」

戸を開けて三人の職人たちを送り出した千賀が、閉めかけた戸を慌てて開けた。

すると外から、目明かしの矢之助に続いて、北町奉行所の同心、大森平助が土間に入り、最後に下っ引きの栄吉が入り込んで戸を閉めた。

「こんな時分に何事ですか」

「うん」

千賀に問われて一言口にした大森が、小梅の方を見て、軽く「お」というような口の形を見せた。

「小梅ぇ、深川にまで酒飲みに出張ってるのか」

「出療治だよ」

小梅は、幼馴染みの栄吉を睨みつけた。

「お千賀さん、例の『からす天狗』の件で、大森様はじめ南北奉行所のお役人たちは、昼も夜もない有様でさ」

矢之助が事情を口にすると、

「高札場や名のある神社仏閣に人を配して、盗品を晒しに出没する『からす天狗』を捕らえよという仰せでね」

そう言い添えた大森が苦笑いを浮かべた。

「お役人が張っているところへなんぞ、現れますまいに」

大きい盆を手に板場から出て来た貞二郎が、そう口にしながら土間を上がった。

「父っつぁんの言う通りなんだがね」

小さくため息をついた大森が、空いた器を片づけ始めた貞二郎から小梅の方へと眼を遣りながら、つるりと頬を撫で、

「矢之助、行くか」

と声を掛けた。

「これからどちらへ」

「おれらは千賀に富ヶ岡八幡だよ」

大森は千賀に返事をすると、「見送りは無用」と手で制して、矢之助と栄吉を従えて、表へと出て行った。

「さて、おれもそろそろ」

胡坐をかいていた伊十郎が、改まったように膝を揃え、

「念のために聞くが、今夜のここの払いは」

小梅の耳元で囁いた。

「お礼をすると言ったんだから、わたしが持ちますよ」

小梅が口を尖らせると、

「では、遠慮なく」

腰を上げた伊十郎は土間の履物に指を通し、千賀に丁寧に一礼すると、店の外の暗がりへと消えた。

「今のご浪人、同心の大森様の眼を気にして、なんとなく顔を背けておいででしたね」

出て行った客たちの器を片づけながら、貞二郎が小梅の近くで囁いた。

すると、小梅の座る板の間近くの土間に近寄った千賀も、

「それ、あたしも気付いてた」

と囁き、

「何者なのさ」

とも問いかけた。

「多分、害になる人じゃなさそうだけど、何者かは分からないんですよ」

小梅は正直に答えた。

表は風が出たのか、出入り口の戸がカタカタと小さく鳴った。

第三話　消えた男

一

坊主までも走るという師走になってから、すでに月半ばも過ぎていた。

江戸の商業の中心にある日本橋界隈では、師走に限らず多くの者が走っている。

日本橋川や京橋川にある様々な河岸(かし)は、陸路や海路から運ばれて来る諸国の産物が集まり、瞬く間に江戸市中に送り出される集散地になっていた。

従って、近隣の商家の小僧も走れば、船人足や棒手振り、車曳きなどが、一年中、朝の暗いうちから駆け回っているのである。

十二月十七日の九つ（正午頃）の時の鐘を聞いてから半刻（約一時間）ばかりが

経った頃、灸師の小梅は、神田川に架かる浅草橋を急ぎ足で渡り切った。

浅草に通じる大通りは、日本橋界隈にも匹敵するくらいの活気があった。

浅草御蔵周辺には名だたる大店が軒を連ねており、船人足や樽ころ、商家の小僧や人足などがひしめき合い、多くの人形屋も客を集めていたし、さらに今日は浅草観音の歳の市の日でもあった。

『灸据所　薬師庵』に出療治を申し入れた男は、大通りから一本西に入った浅草福井町の住人で、二度ばかり、灸据に来た幇間である。

寒さが厳しくなると、外で働く者の体は寒風に縮こまりがちだ。

手足の節々を痛める者が多くなる。

日本橋高砂町の自宅で営む『薬師庵』に駆け込んで灸を頼む者もいるが、出療治を頼む者もいた。

ともに灸師を務める母親のお寅は出不精で、出療治はもっぱら小梅が引き受けている。

「たまには出療治に行ってくれてもいいじゃないか」

などと言おうものなら、

「お前は、年の行った母親を寒空の中に放り出して働かせるのか」

などと、お寅はまるで自分が体の弱い女であるかのような物言いをして、恨み言を浴びせるに決まっているのだ。

そんな禍を避けたいならじっと耐えるしかなかった。

浅草御蔵前の通りに、羽子板や注連飾りなどを持った老若男女が、浅草寺方面からやって来ては、通り過ぎたり小路へ入り込んだりする姿が見て取れた。

そんな光景は、『薬師庵』のある日本橋高砂町界隈ではまだ見ることはなかったが、二十、二十一日は、土地の産土神である神田明神の歳の市があるので、小梅の家の近辺も騒がしくなるに違いあるまい。

年の瀬のそんな行事をひとつひとつ片づけながら、人は新年を迎える支度をしていくのだ。

大通りにある人形屋の向かいの小路を左に曲がった先が、浅草福井町である。

幇間の使いに教えられた通り、福井町一丁目の一角に小綺麗な長屋があり、その一軒の戸に、太鼓と鏡餅を表した判じ絵が描かれており、そこが〈太鼓持ち〉とも呼ばれる幇間の揚羽屋蝶八の住まいだと分かった。

「『薬師庵』から参りました」

戸口から声を掛けると、

「迎えに出るのは難儀だから、つつっと入っておくれ」

「ごめんなさいまし」

男の声に促されて、戸を開けた小梅は土間に足を踏み入れた。

棟割の長屋だが、家の広さは九尺二間より一回り広く、奥には障子が二枚嵌っており、その外には狭いながらも裏庭があると思われる。

幇間の実入りはいいようだ。

湯気を立ち昇らせている鉄瓶の掛かった長火鉢の傍で、炬燵の櫓に両足を入れて腕枕をしていた揚羽屋蝶八が、

「腰があれでさ、高砂町まで行きつけるかどうか剣呑だから、来てもらうことにしたんだよ」

情けなさそうな笑みを浮かべた。

小梅は土間を上がると、横になっている蝶八の傍に膝を揃えて道具箱を置き、

「使いの人に頼んだ薄縁は——ありました」

簞笥(たんす)の脇に立てかけられていた薄縁を見つけると、小梅はそれを広げて、蝶八の腹側に差し入れる。

「そのまま、薄縁に腹からうつ伏せに」

小梅が指示した通り、蝶八は横向きに寝そべっていた体をゆっくり動かして、薄縁に腹這いになった。

「支度しますから、少しお待ちを」

蝶八の腰の辺りに薄手の褞袍(どてら)を掛けると、療治に入用な線香や線香立て、艾や刷毛などを道具箱の引き出しから取り出す。

「いつもはお寅さんに据えてもらってたから、小梅さんが来てくれるとは思いもしなかったよ」

うつ伏せになった蝶八がくぐもった声を出した。

「おっ母さんがよろしく伝えてくれと言ってました」

「うん」

小さく頷いた蝶八は顔を動かして、小梅に横顔を向けた。

お寅の話によると、今年三十五になる蝶八は、神田金沢町の油屋の惣領息子だったが、遊びや芸事に身を持ち崩して、親から勘当されたという、小梅の周りではたいして珍しくもない身の上だった。

妹の婿になった男が出来た男で、蝶八の実家は以前にも増して繁盛しているというから、「世の中何が幸いするか知れたものではない」――というのを、お寅は口癖にしている。

蝶八の腰痛は、お座敷で襖芸(ふすまげい)を披露しているときに起きたのだと、うつ伏せになった本人がため息混じりに告げた。

幇間芸のひとつである襖芸は、蝶八が得意としているものらしい。

日頃世話になっている旦那に頼まれて妾宅に使いに行った男が、囲われ女に言い寄られて抗(あらが)うのだが、ついには旦那の女に引きずり込まれるという筋立てを、一枚の襖を使って、身一つの動きで演じ分けるものだった。

「最後の最後で、履いていた足袋を手に付け替えようって腰を捻った途端、痛みが走ってね」

「とにかく、腰のツボに据えてみましょう」

支度を万端整えた小梅は、蝶八の着物の裾を捲り上げ、褌(ふんどし)の見える尻から炬燵に伸びた両足に薄手の縕袍を掛けて、腰の辺りだけを晒した。

腰痛に効くツボは数か所ある。

背中の中ほどに、『膈兪（かくゆ）』と『肝愈』があり、腰の辺りには『腎愈』『大腸愈』『殿圧（でんあつ）』があるので、まずは腰のツボから始めることにした。

「家の中を綺麗にしていなさるようですが、どうやら通ってくるお人がおありのようですねぇ」

腰の左右の『殿圧』に灸を据えたところで、小梅が口を利いた。

「分かるかね」

「流しの横の茶簞笥の中に、大小の同じ柄の湯呑が並んでますから」

小さく笑って言うと、次は『大腸愈』に置いた艾に線香の火を点けた。

「それがさ、このところ、なかなか寄り付こうとしないのさ」

「それはなんともねぇ」

男女の間に踏み込むような気がして、小梅は曖昧な物言いをして逃げを打った。

ところが、

「どうも、このわたしを疑ってるようなんだよ。ほら、一度しか会ったことのないような人にでも、商売柄、つい愛想よくお追従を並べ立てるのが癖ですからね。それを、女にしたら、この人は外で、わたしの知らない女の人たちにも愛想よくしてるに違いないなんて、嫉妬の炎に身を焦がすんですな」

蝶八は降りかかった禍を、自ら、口の端に上らせ始めたのだ。

「腰が痛くて家の中でも動きがとれねぇから、助けてくれと使いを出したにもかかわらず、『あんたの身から出た錆だから、あたしゃ知りません』と、女二人からは、つれない返事だよ。どうやら、今年の暮れはたった一人での年越しということかねえ」

蝶八のそんな声を聞いていた小梅は、片膝を立てて灸を据える自分の太腿の辺りを撫でる手に気付いた。

首を回してみると、腹這った蝶八の右手が、後ろ向きになった小梅の裁着袴の隙間に差し込まれていた。

「それはいけませんね」

線香を線香立てに挿すと、小梅が蝶八に体を向けた。

「お前さんの腰の辺りを見ていたら、つい、むらむらと。この手が、この手が勝手に。コラコラコラ」

　蝶八は、持ち上げた自分の右手に向かって小言をぶつけた。

「この手ですね」

蝶八の右手を摑んで膝で押さえた小梅は、手の甲にそら豆程の大きさの艾を置くと、急ぎ線香の火を点けた。

「な、なにするんです。もし、『薬師庵』さん、いやさ、小梅さん」

押さえられた手首と腰の痛みで動きの取れない蝶八は、盛んに身もだえた。

「お客さん、女だと思って舐めたことをされますと、こちらとしては、お返しに、とっちめの灸を据えて差し上げることになってるんですよ」

　丁寧な物言いをした途端、

「熱っ、アツアツアツッ」

蝶八の手の甲に載っていた艾から、盛大に煙が立ち昇り始めた。

二

小梅が、浅草橋を渡って帰途に就いたのは、八つ半（三時半頃）という時分だった。

蝶八にとっちめの灸を据えた後、腰の療治を続けるかどうか聞いたところ、

「是非お願いしたい」

と殊勝な返事をしたので、一通りの療治を正規の料金で済ませてから、福井町を後にしたのである。

浜町堀に沿って『灸据所　薬師庵』近くに差し掛かった小梅は、ふと思い立って高砂町を通り過ぎると、一町ばかり先の『玄冶店』へと足を向けた。

『玄冶店』の一軒家に住むお玉は、神田の瀬戸物屋『笠間屋』の旦那に囲われている。

先月の末、旦那の女房が倅を伴って『玄冶店』の家に押しかけ、「お玉の持ち物は亭主が買い与えたものに違いない」と叫んで、持ち去るという騒動があった。そ

の騒ぎでお玉は足腰を痛めていた。

その後、お玉の療治に行った日、瀬戸物屋『笠間屋』の若旦那が、母親が持ち去った品々を独断で返却に来て、お玉に詫びを入れるという光景を目の当たりにして以来、小梅は『玄治店』に行っておらず、その後の足腰のことが気になっていた。

「お玉さん、『薬師庵』ですけど」

戸口で声を掛けると、家の中から聞こえていた三味線の音が止み、開いた戸からお玉が顔を出した。

小梅が立ち寄ったわけを口にすると、

「それはわざわざすまないわねぇ」

家の中に招じ入れられた小梅は、土間の框に道具箱を置いて腰掛け、土間を上がったお玉は、足腰に痛みが残るのか、框に横座りをした。

「まだ痛むのなら、灸を据えて行っても構いませんけどね」

「小梅ちゃん、心配してくれてありがとう。旦那のおかみさんに押しかけられてからというもの、周りのみんながおかみさんの手先に見えて、びくびくして過ごしていたから、気にかけてくれる人がいると、嬉しくて」

顔を伏せたお玉は、袖口で目元を押さえた。

「この前の療治で、痛みはだいぶ引いたから、今日は、療治はいいわ」

「分かりました。それで、旦那の方から、何か言って来たりしたんですか」

小梅が小声で尋ねると、

「ちっとも」

小さく答えると、お玉は無気力な動きで、首を横に振った。

「ごめんくださいまし」

戸の外から、遠慮がちな男の声がした。

「どなた」

お玉の声に、

「『笠間屋』の卯之吉です」

「あぁ」

頷いたお玉を見て、小梅が立ち上がって戸を開けると、

「突然に伺いまして申し訳もございません」

表に立っていた卯之吉は、小梅とお玉に丁寧に腰を折ると、

「実は、もしかしたら、こちら様のものではないかと思えるものが二、三ありましたので、お届けに上がったような次第で」

土間に入った卯之吉は、袂から小さな布包みを取り出した。

「ここじゃなんですから、お上がりよ」

「よろしいんでしょうか」

卯之吉は、上がるよう促したお玉に、怯えたような声を洩らした。

「わたしはこれで」

「小梅さんも上がって行ってよ」

お玉から声が掛かると、

「それじゃ遠慮なく」

下駄を脱いで土間を上がった小梅は、卯之吉にも上がるよう手で促した。

微かに片足を引きずって歩くお玉に続いて居間に入ると、長火鉢の五徳に載った鉄瓶からは湯気が立ち昇っており、畳の上には三味線が置かれていた。

お玉が長火鉢を前に腰を下ろすと、その向かいに小梅と卯之吉が並んで膝を揃えた。

「茶でも淹れましょうね」

そう口にしたお玉は、長火鉢の猫板に置いてあった茶筒を傾けて、茶の葉を土瓶に入れ、鉄瓶の湯を注ぎ入れた。

「この前は、あたしの持ち物を返しに来ていただいて、改めてお礼を言います」

湯を注いだ土瓶を軽く揺らしながら、お玉が卯之吉に小さく頭を下げた。

「いえ」

卯之吉は首を横に振った。

お玉は、土瓶の茶を湯呑に注ぎ分けると、小梅と卯之吉の前に二つの湯呑を置き、自分の前にも置いた。

「わたしが今日お持ちしたのは、これなんですが」

卯之吉はそう言うと、袂から出した布包みを猫板に置いて、中身を見せた。

布包みの中にあったのは、真田織の帯締や三枚の半襟、二つの帯留である。

「これは、あたしのもんじゃありませんね。半襟なんか、若い娘さんが使うような柄ですし」

「もし、よかったら、使ってください。今更、おっ母さんの簞笥には戻せませんから」

卯之吉は、布の上の品々をお玉の方に押しやった。

「おかみさんの物かもしれないものは、ちょっと」

苦笑を浮かべたお玉は、半襟や帯留の載った布を卯之吉の方にそっと押し返した。

「そうですよね。申し訳ありませんでした」

卯之吉は、持って来た小物を布で包みながら、

「お父っつぁんの囲われ者が憎いとは言っても、この前の、おっ母さんのあなた様への悪口雑言は、度を越していたと思います」

眼を伏せたまま、呟くように声を出した。

「でも、思いますに、責められるべきはお父っつぁんなんです。世の中に、女房以外の女の人を持っている人は多いと聞きますし、それに目くじらを立てようとは思いませんが、そういう男なら、周りへの気遣いといいますか、誠というものがいると思うのです。女房をないがしろにしないとか、傷つけないとか、世話をしている女の人への思いやりというか、人としての誠が肝要なのだと」

「え」

話の途中で声にならない声を洩らしたお玉が、驚いたような眼を卯之吉に向けた。

「わたしの父には、そんな気遣いがないのです」

そう言い切った卯之吉は、お玉の顔を見つめて、

「『玄治店』にはこちら様がおいでだというのに、ふらりと夜の巷(ちまた)を彷徨(さまよ)ったり、下谷に置いた若い女のところへも足しげく――」

怒りの声を上げたのだが、最後の言葉は慌てて飲み込んだ。

「旦那さんには、やっぱり、そういうのが、いたのね」

掠れたような声を出したお玉は、火鉢の縁にそっと肘(ひじ)を置くと、ため息をついて体を預けた。

「ことほど左様に、お父っつぁんには誠意のかけらもないのです。所帯を持ったおっ母さんへも、縁あって世話をしているお玉さんへも、とことん誠を尽くすのが、女を囲う者の務めだとわたしは――！」

そこまで一気にぶちまけた卯之吉は、湯呑の茶を一口飲むと、ほんの少し背筋を伸ばし、

「そんな覚悟のないお父っつぁんだからこそ、周りを面倒に巻き込むことになるの

です。下谷の女に、『玄冶店』のお玉さんのことを気付かれるようなしくじりをするなど、お父っつぁんには女を世話する、男としての心構えというものの持ち合わせがないんですっ」

卯之吉の物言いに、お玉は声もなく聞き入っていたが、

「お玉さんのことが、その、下谷の女に知られたってことですね」

小梅は気になったことを問い質した。

すると、小さく頷いた卯之吉は、

「青ざめたお父っつぁんが、わたしに洩らしたところによれば、他に女がいるのではと下谷の女に問い詰められて、仕方なくお玉さんのことを洩らしたそうです」

「それでどうして、おかみさんが押しかけて来たんですよ」

小梅が不審を口にすると、

「下谷の女は、自分からは何もしないとお父っつぁんには口約束をしていたらしいのですが、それは偽りで、家にこっそり投げ文をしたようです。おっ母さんはそれを眼にして、こちらに押しかけて来たというわけです」

卯之吉は、がっくりと項垂(うなだ)れた。

「そんな見下げ果てたうちの父親なんか、思い切って縁を切った方がいいのです。それが、お玉さんのためです」

卯之吉が昂然と断じると、焦点のぼやけたような眼を卯之吉に向けたお玉の口から、

「卯之吉さん」

という呟きが洩れ出た。

その声にはっとした様子の卯之吉は、

「余計なことを申し上げて申し訳ありませんでしたっ」

いきなり畳に両手を突くと、逃げるように居間を出て行った。

三

日本橋高砂町界隈は、傾いた西日を浴びていた。

『玄冶店』のお玉の家を後にした小梅が、急ぎ我が家に歩を進めていると、『灸据所　薬師庵』の中から飛び出して来た火消し人足の丈太と、ぶつかりそうになった。

「どこか痛めたのかい」

「腰だよ。昔痛めたとこを今のうちに養生しとかねぇと、この時季火事が多くなるからさ」

「いい心がけだよ」

小梅が笑いかけると、

「ほんの少し前、お客が来たようだぜ」

そう言うと、丈太は片手を上げて浜町堀の方へと駆け出して行った。

「ただいま」

三和土に足を踏み入れると、見慣れない女物の草履が眼に留まった。

「『加賀屋』のおかみさんがお見えだよ」

居間から、お寅の声がした。

小梅は、道具箱を療治場の障子際に置くと、居間へと入り、

「おかみさん、その節はどうも」

長火鉢を挟んでお寅と差し向かいに座っていたお美乃に、膝を揃えて軽く頭を下げた。

「『加賀屋』さんから、塩瀬の饅頭をいただいてしまったよぉ」

お寅は、火鉢の縁に湯呑を置きながら、嬉しげな声を上げた。

「いま、お母上にはお礼を申し上げたところですけど、例の、娘のおようの芝居見物に、『白虎堂』の弥市様と船頭の佐次さんの同行を勧めてくださって、ほんとうにお礼の申しようもありません」

お美乃が、小梅に丁寧に両手を突いた。

「それで、芝居には、いつ？」

「二日前、猿若町の森田座に」

「あぁ」

小梅は、大きく頷いた。

お美乃の娘、おようの芝居見物のことは気になってはいたものの、出療治などに取り紛れて、つい失念していた。

おようという十八の娘は、しきりに催す屁のことを気に病んで、外出に恐れを抱いていたのだ。

外出だけではなく、稽古事からも足が遠のき、観劇も諦め、舞い込む縁談も悉く断っていたのである。

　お美乃は、そんな娘をなんとかしようと一計を案じた。

　小梅の灸を用いる以外に、思い切って外に出そうという荒療治だった。

　そのためには、おようの事情を知ったうえで同行してくれる理解者が必要だということで、お美乃に相談された小梅は、『薬師庵』の常連である、人形問屋の隠居と、腕っぷしの強い佐次を推していたのだった。

「小梅さん、おようは芝居見物もさることながら、やはり、久しぶりに外に出られたということを心から喜んでおりました。芝居の後は、お二方とともに芝居茶屋で料理を平らげたと声を弾ませ、弥市様や佐次さんの話が面白かったと、あのおようが、笑顔を――」

　お美乃はそこで声を詰まらせると、泣き出しそうになって口を押さえた。

「弥市さんはともかく、あの口下手の佐次さんが、いったいどんな話をしたのか、覗いてみたかったもんですねぇ」

　お寅は信じられないという顔をした。

「そりゃ、佐次さんは、話し上手とは言えないけど、無口というほどでもないよ、おっ母さん」

小梅が軽くお寅を窘めると、

「船頭の佐次さんは屋根船や猪牙船を操って、春の花見に始まって、夏は両国の花火見物、秋の月見と、様々なお客を案内しておいでだそうです」

そう口にしたお美乃に、小梅とお寅は素直に相槌を打った。

「これまで眼にした船の客の面白可笑しい話を、次々に披露していただいたそうで、なかでも、芸者さんと納涼船に乗ったご亭主と、別の船で追いかけてきたおかみさんとのやり取りには、腹を抱えて笑ったなどと」

つい思い出し笑いをしたお美乃は、すぐに口を押さえて改まり、

「小梅さん、今度佐次さんにお会いになったら、箔屋町の宅へ、ぜひ気軽にお出でくださるようお伝え願えませんか。弥市さんにもお声を掛けるつもりですが、およ うは、佐次さんとの顔合わせを殊のほか心待ちにしておりますようでして」

軽く頭を下げた。

「はい。承知しました」

小梅は、笑みを浮かべて大きく頷いた。

四

日が沈んでから四半刻（約三十分）ばかりが経った頃おいだった。

お寅とともに夕餉を摂り終えた小梅は、

「『鬼切屋』に行って来るから」

そう言い残して『灸据所　薬師庵』を後にした。

『鬼切屋』というのは、かつて両国で睨みを利かせていた香具師の元締の屋号である。

初代の頃は同業の者にも恐れられていたのだが、二代目になった途端勢力を失って、追われるように両国を去った。その後、二代目が短命で死ぬと、『鬼切屋』の看板は江戸から消えた。

二代目の倅である正之助は、香具師とは畑違いの料理屋の帳場で、幼い時分から習得した読み書き算盤を駆使して、水を得た魚のように生き生きと働いていた。

そんな正之助のもとに、二代目『鬼切屋』の身内だった男三人が訪ねて来たのが五年前だった。

その三人はかつての『鬼切屋』を懐かしみ、語らう場を設けてもらいたいと、切々と懇願し、正之助はそれを受け入れたのだ。

その結果、正之助が住まう長屋の戸口に『鬼切屋』と記された小さな木札の〈看板〉を掛け、治郎兵衛（じろべえ）、佐次、吉松というゆかりある者たちが寄り合う場になっていたのである。

小梅が、治郎兵衛らと知己を得たのは、二代目である正之助の父親が存命の頃だった。

芝居好きだった二代目は、市村座の床山だった小梅の死んだ父、藤吉ともお寅とも親しくしていたので、正之助とも小さい時分から交流があったのだ。

『薬師庵』のある日本橋高砂町を出た小梅は、正之助が住まう竈河岸（へっついがし）と呼ばれる住吉町裏河岸の五軒長屋まで三町（約三三〇メートル）足らずの道のりを、諳（そら）んじている『助六』の台詞を幾つか口にしているうちに、『嘉平店（かへいだな）』の路地に着いた。

正之助の家の戸口の脇には、『鬼切屋』と記された縦が五寸（約一五センチ）、幅が二寸（約六センチ）ほどの木札が下がっている。

「正之助さん、小梅ですけど」

家の中の明かりの映る腰高障子に向かって声を掛けると、

「お入り」

まるで、客を迎える商家の手代のような正之助の声が返ってきた。

「夜分にすみません」

戸を開けて土間に足を踏み入れた小梅は、

「なんだ、佐次さんもいたとは助かるねぇ」

車座になって皿の物に箸を伸ばしている正之助と治郎兵衛、それに佐次の姿が眼に入った。

「おぉ、鱚（きす）と海老のてんぷらに芋と烏賊（いか）の煮つけとは、豪勢だねぇ」

板の間に上がり込んだ小梅が口にすると、

「数はあるから、お食べよ」

治郎兵衛に勧められたが、

「こんなご馳走があるなら家で食べなきゃよかったよ」

小梅は笑いながら、佐次と治郎兵衛の間に膝を揃えた。

「今、おれがいて助かると言ったけど、何か用だったのかい」

海老のてんぷらを小皿に取った佐次が、小梅を向いた。

「佐次さんに娘さんの芝居の付添いを頼んだ『加賀屋』のおかみさんが夕方うちに見えてね、言付けを頼まれたのよ」

小梅は、娘のおようの外出に同行した佐次と隠居の弥市に対して、母親のお美乃が大層喜んでいたことを伝えた。

「おれもその娘さんの持病のことは聞いたが、たいしたことはなかったんだろう」

「往生するようなことは、なかったね」

佐次は、治郎兵衛の問いにさらりと答えた。

「それでね、『加賀屋』のおかみさんから、これから気軽に家に遊びに来てくれるように伝えてくださいって頼まれたから、正之助さんから佐次さんに言ってもらおうと思って来たのよ」

小梅が事情を告げると、

「『加賀屋』さんが、佐次を気に入ったということは、付き添いの礼金が一両（約一〇万円）と聞いてよく分かったよ」

「一両――！」

小梅は、正之助が口にした額に眼を丸くした。

「『加賀屋』に送り届けたあと、眼の前に小判を置かれた時にゃ、声も出なかったよ」

佐次は真顔でそう言うと、小梅に向かって重々しく頷いた。

「このてんぷらは、佐次がその金から買って来てくれたもんなんだ。おれまでお相伴に与る（あずか）たぁ嬉しい限りだよ」

しみじみと口を開いた治郎兵衛は、鱚のてんぷらを口に入れた。

「それで佐次さん、おようさんが喜んだ芝居見物はどんな具合だったんです。その、ほら、屁の具合は。出たのか、それとも出なかったのか」

少し声を低めて小梅が尋ねると、

「出た」

佐次は落ち着いた様子で、すかさず返事をした。

それには、正之助も治郎兵衛も注視した。

「森田座に行ったのがよかったね」

淡々と話し始めた佐次によれば、今月の森田座の出し物は、おどろおどろしい〈変化もの〉と豪快な男が活躍する〈荒事〉の芝居が並んだという。

そのお陰で、下座からは大太鼓や鉦などが鳴り響き、舞台からは長唄と囃子が客席を包んだため、おようの屁の音はかき消されたという。

「だけど、鳴り物が止んだ時に、おようさんが催すことはなかったの」

「もし、出そうなときは、おれに合図をすることに決めていたんだよ。ひぃふぅみぃと数を数えて、五つ目に屁をひると同時に、おれが舞台に声を掛けるんだよ。『山崎屋っ』とか『高麗屋っ』とかね」

「お前の大声で、お嬢さんの屁の音を消してやったというわけだ」

治郎兵衛は、感心したように小さく唸った。

「なぁるほど」

小梅は、喉から絞り出すような声を出して、胸の前で両腕を組んだ。

「そのうえ、『加賀屋』さんは二階の桟敷席を用意してくれたから、枡席ひとつにおれと娘さんと『白虎堂』のご隠居の三人だけだ。それ以外、他に屁の音を耳にする連中が居なかったのが、おようさんには幸いしたのかもしれないねぇ」

気負い込むこともなく、佐次は淡々と感想を述べた。

すると、折よく拍子木が鳴って、「火の用心」を触れ回る町内の男衆たちの声がゆっくりと通り過ぎて行った。

五

『嘉平店』の正之助の家に、微かに鐘の音が忍び込んだ。

五つ（七時半頃）を知らせる日本橋本石町の時の鐘だろう。

風向きによっては永代寺の鐘が大川を越えて届くこともあるが、いま聞こえているのは、北方の風に乗ってきた鐘の音だ。

湯気を立てる鉄瓶の載った長火鉢を前に正之助がおり、向かいには胡坐をかいた治郎兵衛と並んで小梅が膝を揃え、三人は酒を酌み交わしていた。

てんぷらを食べ終えた後、佐次は明日の朝が早いと言って、ほんの少し前、薬研堀の長屋へ帰って行ったばかりである。

「わたしは、治郎兵衛さんに聞きたいことがあるんで、少し残りますよ」

一人帰る佐次にそう告げて小梅は正之助の家に残ったのだが、嘘ではなかった。佐次への言付けを頼みに訪ねて来たことに間違いはないのだが、その用件が済むと、気になっていたことを思い出していたのだ。

「小梅さん、わたしに聞きたいことっていうのは、なんだね」

それぞれが、二度三度と盃に口を付けた後、治郎兵衛が小梅に向かってやんわりと問いかけた。

「まだ寝なくていいんですか」

「なぁに、ここからなら、うちまでは這ってでも帰れるよぉ」

治郎兵衛は笑ったが、言葉通り、正之助の家から治郎兵衛の元大坂町(もとおおさか)の長屋までは半町(約五五メートル)ほどだから、何かにつんのめってたたらを踏んだくらいでも辿り着ける。

「治郎兵衛さん、あれは本当でしょうか。先月の中頃、わたしに言ってくれたでしょう。清七さんが殺されたわけを知りたいと思う時があれば、力になれると思うよって」

「あぁ。覚えてる」

治郎兵衛は静かに返答すると、小さく頷いた。

「その言葉に、わたし、甘えていいだろうか」

小梅は治郎兵衛を見つめた。

承知したとでもいうように大きく頷いた治郎兵衛は、

「何をすればいいか、小梅さんの話を伺いましょうか」

正之助の方に向けていた体を、ほんの少し小梅へと回した。

小梅は、治郎兵衛と正之助に対するように座り直すと、十月の晦日、船宿で会った時、清七から打ち明けられた話の概要を語り出した。

それは、先日、居酒屋『三春屋』で式伊十郎に話した内容と変わらないものだった。

つまり、去年の夏の半ば頃、清七に近づいて来た才次郎と名乗る京扇子屋と大工の辰治のことを、小梅は打ち明けたのである。

腹を刺されて死んでいた『賽の目の銀二』の腕に彫られていた、賽子(さいころ)を咥(くわ)えた蛇の彫物が、大工の辰治にもあったこと。その辰治に引き合わせるとすぐ、才次郎は二度と清七の前に姿を見せなくなったという不審を、清七は抱え込んでいた。

「おれはどうも、誰かに嵌められたようだ」

悔しげに吐き出した清七は、去年の十月の中村座から出た火事に一枚噛まされたのだとも断じて、

「おれは、誰に嵌められたのか、突き止めるよ」

鋭く言い放って小梅の前から立ち去ったと告げ、それが、生きた清七を見た最後になったのだとも付け加えた。

「その日の夜、清七さんの手で書かれた文がうちに投げ込まれていて、そこには、才次郎という男の耳の下には、黒子があると書いてありました。すぐには思い出さなかったけど、わたしは以前そんな黒子のある男を見たことがあったんですよ」

「ほう」

治郎兵衛が関心を示した。

それは、深川の材木問屋『木島屋』の手代だったが、才次郎という手代はいないと言っていた『木島屋』側も、小梅の追及に、「それは小三郎という手代」だと言い、「その奉公人は、父親が寝込んだので、下野の在に帰った」と打ち明けたが、小三郎がいつ戻るかという問いかけには、いつもあやふやな返事を繰り返していた。

「『木島屋』の主、甚兵衛に小三郎の行方を尋ねてみたら、いきなり逆上されたし、大川に浮かんで死んでいた、『油堀の猫助』の子分だった『賽の目の銀二』という男は大工の辰治の名を騙って、清七さんと会っていたと思われるんですよ」

行方の知れない小三郎のことを聞き回っていると、時に『木島屋』側から予期せぬ反応が返って来たり、素性の知れない式伊十郎という浪人者が身辺に現れたりした。

それで、清七の死の謎について真相を知ろうという気になったのだと小梅が語り終えると、治郎兵衛と正之助は揃って小さく、「ん」と声を発して思案を巡らせた。

それもほんのわずかで、

「どうだいとっつぁん、小梅ちゃんの頼み、請け負えるものかねぇ」

「わたし一人じゃ限りがありますが、以前の知り合いに助けてもらえれば、なんとかなるとは思います」

「心当たりはあるのかい」

正之助が重ねて問うと、治郎兵衛は首を小さく捻り、

「これという男が一人二人おりますが、この三年ばかり無沙汰をしておりますんで、

向こうに渡りをつけてみねぇことにはなんとも」

正之助に返答すると、すぐに小梅へと向いた。

「だから、動くのはその後のことになるが、それでいいかね」

治郎兵衛に尋ねられた小梅は、ゆっくりと大きく頷いた。

六

道が碁盤の目のように縦横に走っている『灸据所　薬師庵』界隈は、この時季、時として旋風が路上を通り過ぎる。

大門通に吹き込む北風と、浜町堀から堀江町入堀へと流れ来る風とが町の辻でぶつかり合うと、渦を巻いて砂埃を巻き上げる様子を眼にすることがあった。

『薬師庵』の外の道を時々風が通り抜けていくが、四畳半の療治場は暖気と艾の煙に満ちていて、寒くはない。

火鉢に掛けられた鉄瓶が、朝早くから湯気を立ち昇らせていたので、昼近くともなると、療治場はさらに暖かくなっていた。

療治場に敷いた二枚の薄縁には、尻の上部と腰の辺りを晒している『玄治店』のお玉と、膝から下を剝き出しにして仰向けになっている、難波町裏河岸に住むお菅が横になっていた。

小梅が『鬼切屋』を訪ねてから六日ほどが経った午前である。

「だけどお玉さん、ここで会うのは久しぶりだねぇ」

お菅が、お寅から足の『三里』に灸を据えてもらいながら、隣りでうつ伏せになっているお玉に、ちらりと眼を遣った。

「さようでござんすねぇ。ちょっとあれして、二度ばかり、小梅さんの出療治を受けていたんですよ」

お玉は屈託なく返答する。

「そりゃよかった。いやね、先月の末だったたか、お前さんの家の方で騒ぎがあったのを通りがかりに眼にしたもんだから」

お菅は通りがかりと口にしたが、それが真っ赤な嘘だということを小梅は知っている。

お玉を囲っている瀬戸物屋の旦那の女房が倅を連れて押しかけたのを聞きつけた

お菅が、お寅を誘い出して、わざわざ見物に押しかけたのだった。

「あぁ。そんなことがありましたねぇ」

ところが、お玉からは思いがけなく悠長な反応が飛び出した。

「まぁ、向こうさんにしたら、日頃からご亭主の女遊びには気を揉んでらしたんでしょうね。そのむしゃくしゃを、あたし一人に向けて憂さを晴らすしかなかったんじゃありませんかねぇ」

お玉が鷹揚な物言いをしたあと、ふふふと小さく笑ったのを、腰に艾を置いていた小梅は気付いていた。

眼を閉じていたお玉が洩らした笑い声に、晴れやかさのようなものが漂っていたのはなんだろう。

小さく首を捻って、小梅は腰の艾に線香の火を点けた。

「お玉さん、なんだか吹っ切れたようだけど、なにかあったのかい」

そう問いかけたのは、お寅である。

「芸者をやめてから五年、これという働きもせず、旦那に頼るばかりで生きてきたことを、ふと考えてしまいましてね」

そんな言葉をお玉が吐くと、小梅は思わず手を止めた。

隣りのお寅は、艾に点ける線香の火が地肌に触れたらしく、

「アッッ」

お菅に悲鳴を上げさせてしまい、「ごめんごめん」と慌てふためいた。

「お玉さん、今日の療治はここまでです」

声を掛けた小梅は、お玉の尻を覆っていた上掛けを外すと、腰の上まで捲り上げていた裾を足元に下げた。

「ありがとう」

ゆっくりと立ち上がったお玉は、身頃を合わせて、帯を締め始める。

「旦那に頼らないっていうと、どうするんだい」

仰向けのお菅は、つまらなそうな面持ちで問いかけた。

「なにも無理して、旦那の気をこちらに向けようなんてせずに、これからは三味線の弟子でもとって、万一手切れとなってもいいように備えておこうかとも思うんですよ」

終始笑みを浮かべたお玉は、腰に巻いた帯の両端を持つと、一気にキュッと絞っ

た。

「こんちは」

表から、聞き覚えのある若い声がした。

「あれは、金公だね」

お寅がすかさず口にしたのは、『鬼切屋』の若い衆の名である。

療治場を出た小梅は、

「お入り」

三和土の上がり口に立って表に声を掛けた。

腰高障子がカラリと開いて、雷避けの札売りをしている金助が、三和土に足を踏み入れた。

「小梅さんがいてよかった」

金助が笑みを浮かべた。

「なんだい」

小梅が小首を捻ると、

「おっ母さんを相手にすると、その角は何だとか、褌がよれよれだとか、その柄は何とかならないのかとか、うるさくてさぁ」

　そういう金助の装り(なり)は、いつも通り、二本の角の付いた鉢巻きを頭に巻き、虎柄の褌を穿いたうえに、竹の輪に小さな太鼓を並べたものを肩に担いでいた。

「聞こえてるよっ」

　療治場からお寅の声が飛んできた。

「あ、いけねぇ」

　金助は頭に手を遣ると、

「治郎兵衛とっつぁんから、八つ半（三時半頃）に三光稲荷(さんこう)にお出で願いたいという言付けです」

　顔を近づけて、小声でそう告げた。

「分かった」

　小梅が頷くと、

「おっ母さん、寒さにはどうかお気をつけて」

　療治場に向かって声を張り上げた金助は、小梅にひょいと片手を上げて表へと飛び出して行った。

新道にある。

七

三光稲荷は、『灸据所　薬師庵』のある高砂町の一本北側を東西に延びる、三光新道にある。

眼をつむっても行きつけるくらいの近さである。

昼前、金助によって「八つ半に三光稲荷にお出で願いたい」という治郎兵衛の言付けをもたらされた小梅は、お寅と二人で昼餉の雑煮を食べた後、通いの客に療治を施す余裕があった。

療治を終えた客を送り出すと、小梅はすぐに家を後にした。

待ち合わせの三光稲荷には十分間に合う勘定である。

「あら小梅ちゃんなにごとよ」

三光稲荷の境内から出て来た縫師のお静から、声が掛かった。

「今年最後の稲荷詣よ。お静さんは」

「うん。表通りの『うぶけや』さんに鋏の研ぎを頼んでたから受け取りにね」

お静は、包丁や剃刀、鋏などの研ぎもしてくれる刃物屋の屋号を口にすると、

「よいお年を」

軽く会釈して、人形町通へと下駄を鳴らして歩き去った。

三光稲荷の境内は、奥に向かって縦長になっており、鳥居を潜った小梅は奥の方へと歩を進めた。

「ここだよ」

祠の階に腰を掛けた治郎兵衛のそばに立っていた金助が、小梅に手を上げた。

「療治の方はよかったのかい」

「治郎兵衛さんこそ、忙しい年の瀬なのにお願い事をしてしまって」

小梅は、先に気遣いを口にした治郎兵衛に恐縮して頭を下げた。

「わたしの古い知り合いが二人、小梅さんに頼まれた一件の調べを助てくれると、請合ってくれたもんだからね」

「本当ですか」

小梅が眼を見開くと、治郎兵衛は穏やかな顔でゆっくりと頷いた。

「二人はさっそく調べに取り掛かってくれてるが、小梅さんへの知らせなんかは、

わたしが間に入るから。その使い走りは金助にやらせるが、それは構わないね」

「はい」

小梅が頷くと、金助が軽く目礼を向けた。

「あれから、さっそくその二人と調べのあらましについて話してみたんだがね」

治郎兵衛はその時の話の進展具合を話し始めた。

それによると、坂東吉太郎こと清七が、才次郎と名乗る京扇子屋と初めて顔を合わせた、葺屋町の芝居茶屋から探るのが順当だろうとの結論が出たという。

「でも、その芝居茶屋は去年の火事で焼けて、その後どこかで商売を始めたという話も聞きませんよ」

小梅は不安を口にした。

「ああ。そのことは、三人の話し合いの時にも出たんだよ。だが、代々続いていた葺屋町の『相模屋』は、芝居町では名の知れた芝居茶屋だ。その店に関わる者が全員焼け死んだというなら別だが、かつての同業者、御贔屓筋、芝居に関わっていた連中に聞いて回れば、主人や奉公人たちの消息を辿れるはずだ。それに気付いて、わたしら三人、話し合いに勢いがついたってわけだ」

そう言って、治郎兵衛は笑みを浮かべた。

かつての葺屋町、堺町の芝居茶屋の多くは、誰かの口利きがなければ、座敷に上がることなど出来なかった。

従って、去年の夏半ば、清七を『相模屋』に招いた才次郎も、誰かの口利きで座敷に上がったに違いないと、治郎兵衛ら三人は見ていた。

芝居町をはじめ、周辺を焼いた去年の火事の顚末を知ろうとしていると言えば、かなりの人数が力になって、『相模屋』に奉公していた者たちの消息を教えてくれるのではないかという一縷の望みを見つけたのだと、治郎兵衛は小梅に告げたのだ。

「わたし、治郎兵衛さんに力を貸してくれているお二人に、会わなくていいんでしょうか」

小梅は、直に会って、酒肴のもてなしでもした方がいいのではないかと気を回したのだが、

「いや。小梅さんは、会わない方がいい」

治郎兵衛の思わぬ返事に、「え」と声にならない声を洩らした。

「あとあと、二人のことで面倒なことに巻き込まれないためにも、名も顔も知らな

いまの方がいいんだ。わたしと小梅さんの間を金助に繋いでもらうのもそのためなんだよ」

そう言って、治郎兵衛が穏やかな笑みを浮かべると、金助も笑顔で大きく頷いた。

「分かりました」

小梅は思わず、声を掠れさせてしまった。

治郎兵衛が会わない方がいいと言った二人は、もしかすると、闇の世界にも通じているような人物なのかもしれないというおののきが、声の掠れとなったようだ。

八

佐次が『灸据所　薬師庵』に現れたのは、夜の帳が下りて半刻ほど過ぎた六つ半（六時半頃）という時分だった。

この日、治郎兵衛とともに三光稲荷で会った金助が、

「佐次兄ぃが昨日からため息ばかりついて、様子がおかしいんですよ」

別れ際、小梅にこう洩らしたのだ。

気になった小梅は、

「今夜でも、他に用がなければ『薬師庵』に来るように伝えておくれ」

佐次への言付けを金助に託していた。

七つ半（四時半頃）には『薬師庵』の掛け看板の横に『やすみます』の札を下げた小梅とお寅は、六つ（五時半頃）を過ぎた頃には夕餉を摂り終え、その後、居間の長火鉢を挟んで熱燗を酌み交わしていた時分に佐次がやって来たのである。

小梅は、お寅が酒の肴のたたみ鰯を炙る長火鉢の傍に佐次を案内したのだが、膝を揃えてもすぐにため息をついて顔を伏せた。

「なんなんだよぉ、そんな顔見せられちゃ、こっちの気が滅入るばかりじゃないかい」

お寅が啖呵を切ると、やっとのことで、

「へぇ」

と、佐次は声を発した。

「招きに応じてやって来たんだから、とにかく、一杯呑みなよ」

お寅から、酒を注ぐようにけしかけられた小梅が、佐次に持たせたぐい飲みに徳利の酒を注ぐと、佐次は思い切って飲み干した。

「それでいいんだよ」

そう言うと、眼の前の徳利を持ったお寅は、自分のぐい飲みに酒を注ぐ。

「金助さんから、佐次さんの様子がおかしいって聞いてたから、気になっていたんだよ。いったい何があったのさ」

小梅が控えめに問いかけると、

「実は」

佐次はやっと、重い口を開いた。

「昨日は日暮れ前に仕事が片付きましたんで、小梅さんから聞いていた『加賀屋』さんの言付けを思い出して、ちょいと顔を出してみようかと」

「行ったの」

小梅が尋ねると、「へい」と頷いた佐次は、思いがけず家の中に上げられ、夕餉のもてなしにも与ったのだと、顔を曇らせた。

「どうしてそんな顔をするんだい。『加賀屋』さんの夕餉の膳といったら、相当なご馳走が並ぶんだろう?」

お寅が関心を寄せたのは、やはり、食べ物のことだった。

「見たこともないような料理が運ばれた上に、飲んだこともないようなうまい酒が並びました」

「料理が運ばれたって、どこから」

小梅が口を挟むと、

「そりゃお前、台所からに決まってるじゃないか」

お寅が呆れたような物言いをした。

「それが、近くの、懇意にしている料理屋に頼んで作らせたもんらしいです」

「なんだって」

背を丸めて飲んでいたお寅が、ぴんと背筋を伸ばし、

「箔屋町近くの料理屋というと、『錦源（きんげん）』とか『伊勢松（いせまつ）』」

火鉢の縁に置いた手の指を折り始めた。

「はっきりとは聞こえなかったが、ええと、『せん』とか『ちとせ』とかなんとか」

首を捻った佐次が呟くと、

「『千仙（ちせん）』だよ！」

叫んだお寅が、腰を浮かした。

伊勢町堀にある『千仙』という料理屋の名は、小梅も耳にしたことがあった。

「『加賀屋』さんが佐次さんあんたに、あの『千仙』の料理を――!?」

「おっ母さん、食べ物のことはあとにして、話を聞こうじゃないか」

口を挟んだ小梅に何か言いかけたものの、お寅は黙って首を縦に振った。

小梅が話の続きを促して聞き出したところによれば、娘およう の芝居見物に同行してくれた礼を、母親のお美乃は繰り返し述べたうえに、佐次の気性を誉めそやし、船頭という仕事の有り様を事細かに尋ねたという。

「思った通り、仕事にも誠意をもって向かい合うお人なんですね」

佐次が話し終えると、そんな感想を口にしたお美乃は、

「如何でしょう。今の船頭の仕事をやめて、この『加賀屋』で奉公してはいただけませんか」

両手を突いて佐次に頭を下げたというのだ。

余りのことに、小梅とお寅は、ただあんぐりと口を開けて、言葉もなかった。

「それで」

やっとのことで小梅が口を利くと、

「簡単な読み書きなら出来はしますが、算盤や帳面付けはからきしいけませんと、断りを入れたんですがね、あのお袋様、なんて言ったと思います？」

佐次が、小梅とお寅の顔を窺うように見つめた。

「佐次さんは、店のことはしなくていいと仰るじゃありませんか。『加賀屋』に勤めて、おようさんの用事だけをしてくれればいいんですと、そうも仰いましてて」

「なるほど。佐次さんの塞ぎ込みのもとは、そのことだね」

「さようで」

佐次は、お寅の言葉に素直に頷いた。

「お前さん、今、船宿からは、月々どのくらいの給金があるんだい」

「給金と、お客からの祝儀なんかを足せば、月々、三分（約七万五〇〇〇円）から一両（約一〇万円）の間をうろうろしてますが、月に二朱（約一万二五〇〇円）の店賃を払っても、男一人何不自由なく生きていけます」

佐次は、尋ねたお寅に向かって大きく胸を張った。

「つまり、おようさんの用事だけをすればいいという仕事となると、月々の給金が減る恐れがあるんだね」

小梅は同情するような声を向けたが、

「それはねぇんです。減るどころか、給金は二両（約二〇万円）だそうです」

「なんだって」

お寅は頭のてっぺんから声を出すとすぐ、

「それでなんで迷うんだい」

非難じみた言葉をぶつけた。

「迷いはなにも、給金のことじゃねぇんです。そりゃ、実入りが増えるのはありがたい話じゃありますが、おようさんの用事だけをして月々二両もの給金をもらうというのが、なんともその、情けねぇような気がしましてね。おれは今まで、修羅場を潜ったこともあるし、『鬼切屋』の灯が消えた後は、船頭として棹を差し、櫓を漕いで船を操り、川に落ちた客を助けに冬の大川に飛び込みもしました。そうやって汗水垂らして今日に至っております」

珍しく口数の多い佐次の話に、小梅とお寅は小さく相槌を打った。

「そのおれが、娘さんの用事をこなすだけで二両もいただき、日々の暮らしを立てなふうに、はたして、男の生き方と言えるのかどうか。と、まぁ、そんなふうなことをね。だって、そんな暮らし方は、遊び人とおんなじじゃねぇのかなんて、この胸の辺りがもやもやとしましてね。以前は、同業の香具師たちからも、町のならず者たちからも恐れられた『鬼切屋』の子分としての、なんていうか、気概というか、意気地というか、おれが胸にぶら下げていた漢気っていう看板が消えてしまいそうで、そのことが、怖ぇんですよ。男として、それは恥ずかしい生き方じゃあるめぇかって」

「それは違う。恥ずかしくなんかあるもんかっ」

突然、お寅が吠えた。

そして、

「酌をしてやる」

言うや否や、徳利を摑んで佐次の前に突き出した。

佐次が、気圧（けお）されたようにぐい飲みを差し出すと、

「お前さんさ、江戸で名のある『加賀屋』のお内儀に眼を掛けられたのは、ありがたいことじゃないか」

お寅は酒を注ぎながら言葉をかけると、優しい声で「お呑み」と促す。

佐次は頷いて、素直にぐい飲みを口に運んだ。

「それもこれも、お前さんの日頃の行いが実を結んだんだろうねぇ。もしかしたら、『加賀屋』のお内儀は、娘さんの婿に迎えるつもりかもしれないよ」

「まさか」

小梅は異を唱えたが、

「そのまさかということが、世の中にはよく起こるじゃないか。去年はお父っつぁんが火事で死んだし、今年は成田屋の七代目が華美な衣装を着たとかで江戸払いになった。佐次さんにしたって、自分でも気づかなかった商才を振るって、『加賀屋』を江戸一番の箔屋にしてしまうということも、なくはない。佐次さん、船頭から鞍替えするいい潮時だよ。旦那になった暁には、日本橋界隈の旦那衆、奉公人が体の不調を口にしたら、『灸据所　薬師庵』を勧めてくれればこのうえなくありがたい」

「おっ母さん、大概におしっ」

小梅は遂に、お寅の暴走に鉄槌を下した。

「おぉ、白いもんが降ってきたぜぇ」

「積もったら、明日の朝は難儀だぜぇ」

表から、男二人のやり取りが家の中に届いた。

「おれは、このことはもう少し考えることにしますんで」

疲れたような声を出した佐次は、「このへんで」と頭を下げた。

「戸口まで送るよ」

小梅が佐次とともに腰を上げると、

「足元、気を付けてお帰りよ」

背後から、佐次を気遣うお寅の声がした。

九

日本橋川に架かる江戸橋の北詰から北に延びる伊勢町堀は、塩河岸で左へ曲尺(かねじゃく)のように曲がると雲母橋(きらずばし)の先で行き止まりとなる。行き止まりの先に延びた浮世小路(うきよしょうじ)が室町三丁目の表通りへ通じていた。

伊勢町堀に架かる中之橋を渡った小梅は、伊勢町の通りを北へ向かい、道浄橋の手前で道なりに左へと曲がると、伊勢町堀の岸辺でふと足を止めた。

伊勢町堀の水面が、真上からの日射しをきらきらと跳ね返している。

降り積もった雪が、昨日まで日陰には残っていたが、冬とは思えない朝からの陽気で、残雪はどこにも見当たらない。

だが、大晦日まであと二日となった室町界隈は、人の動きがせわしい。

臼や杵、蒸籠などを担いだ餅搗き屋の屈強な男たちが、何組も堀端で行き違い、火消し人足の一団も門松に使う竹などを担いで駆け抜けていく。

『灸据所　薬師庵』の餅搗きは、明日やることになっている。

佐次が『薬師庵』にやって来た夜から、四日が経っている。

出療治ではない小梅は、着物姿で下駄を履いて堀の突き当たりへと向かっていた。

葺屋町の芝居茶屋『相模屋』で番頭を務めていた男が、戸越村にいることが分かり、この日に会う段取りをつけたとの知らせがもたらされたのは、昨日のことだった。

『相模屋』の元番頭と会うのは、堀の突き当たりにある『田村屋』という貸席であ

る。小さな稲荷の傍にある『田村屋』で治郎兵衛の名を言うと、

「お揃いですので、ご案内します」

白髪交じりの男衆の案内で、小梅は二階の一間に通された。

「お待たせをしまして」

八畳の部屋に入るとすぐ、小梅が膝を揃え、治郎兵衛とその向かいに座っていた六十ほどの老爺に声を掛けると、

「こちらが、芝居茶屋『相模屋』で番頭を務めておいでだった、寿八郎さんだよ」

治郎兵衛は老爺を指して、小梅を引き合わせた。

「日本橋高砂町の小梅と申します」

両手を突いた小梅がゆっくりと顔を上げると、自分を見つめている寿八郎の眼が微かに潤んでいるのに気付いた。

「藤吉さんは、なんとも惜しいことだったねぇ」

亡き父の名を口にした寿八郎が、懐から手拭いを出して、そっと目頭を押さえ、

「年を取ると、どうも涙もろくなっていけません」

笑おうとして顔を歪めた。

去年の十月の大火事で芝居茶屋『相模屋』も焼け、中村座も市村座も焼けたことは知っていたが、藤吉が死んだことは、一月以上も経ってから市村座の太夫元から聞いたと、寿八郎はため息をついた。

「番頭さんは、父をご存じでしたか」

「喜左衛門親方の下で床山の修業をしていた時分から見知っておりましたよ」

そう言って、寿八郎は懐かしげな笑みを浮かべた。

寿八郎は芝居茶屋の番頭という仕事柄、市村座へも頻繁に出入りしており、いつの間にか床山の藤吉とも言葉を交わすようになったとのことだった。

藤吉が自ら『相模屋』の客になることはなかったが、床山としての力量が認められるようになると、名だたる役者たちに連れられて『相模屋』へ上がることも増えたようだ。

「同じ芝居町で生きる者同士気が合って、年月を重ねて来たというのにねぇ。藤吉さんが居なくなったのは、いまだに悔しくてしょうがありませんでね」

寿八郎は「はぁ」と息を吐いた。

「父は、そんなことも、芝居小屋の幕内のことなんかも、家ではほとんど話もしませんでしたから」

「うん。そうだったねぇ」

治郎兵衛が相槌を打った。

「これがおっ母さんなら、あることないことを嵩増してべらべらと喋るんですけど」

そう言って小梅は笑う。

「おお、お寅さんはお変わりありませんかな」

「はい。口も達者で、灸を据えております」

小梅が明るく答えると、寿八郎の顔に初めて晴れやかな笑みが広がった。

「だけど治郎兵衛さん、番頭さんが戸越村においでだってことが、短い間によく分かったもんですね」

小梅は心底から感心している物言いをした。

「それがそれ、わたしの昔の知り合いっていう二人は、どうしたら狙いどころに辿り着けるかってことを、長年の間に骨の髄まで染み込ませてるんじゃないのかねぇ」

治郎兵衛は微笑みを浮かべて、静かな口調で答えた。

そして、戸越村に引っ込んだ寿八郎を捜し当てた治郎兵衛の知り合いの男二人は、その前に川越へ行き、芝居茶屋『相模屋』の主人夫婦との対面も果たしていたとも打ち明けた。

しかし、火事で芝居茶屋を失い、娘の嫁ぎ先である呉服屋に身を寄せていた主は言葉を失った末に寝たきりとなり、嫁いだ娘と付いて来た女房の世話を受けていたという。

寝たきりの主人からは何も聞き出せなかったのだが、幸いなことに女房は覚書や奉公人たちの証文などを持ち出していたため、板前や女中頭など数人の生まれ在所、江戸の住まいを知ることが出来た。

川越から戻った二人の男は、それら奉公人を訪ね歩いて、寿八郎が戸越村の百姓の世話になっているということを突き止めて、治郎兵衛に知らせたのである。

「戸越に見えた治郎兵衛さんから聞きましたが、小梅さんがお知りになりたいのは、去年の夏の半ば頃、中村座の坂東吉太郎さんを『相模屋』の座敷に招いた客は、どなたの口利きだったかということだそうですね」

「はい」

思わず背筋を伸ばして、小梅は答えた。

「あの時のことは、よく覚えていますよ」

思いを巡らすかのように、寿八郎はふっと遠くに眼を遣った。

雲が切れて日が出たのか、しばらく翳っていた障子がいきなり白くなった。

「中村座の坂東吉太郎は人柄こそいいものの、言っちゃなんですが、目立つほどの役者じゃありませんでした」

寿八郎の口ぶりに吉太郎を悪く言う棘などは感じられない。

芝居町で商いをする人なら、芝居の出来不出来や役者の良し悪しくらい見分けられるようになっているものだ。

寿八郎の吉太郎評には、小梅にも異論はなかった。

「そんな役者をわざわざ芝居茶屋に招く酔狂なお人がいたというのが、わたしには不思議なことに思えたんですよ」

「それで、そのお人は」

小梅は思わず身を乗り出す。

「京扇子を商うお人に座敷を用意してもらいたいと口を利かれたのは、深川の材木問屋『木島屋』さんでございました」

あっ！――小梅は大きく口を開けたが声は出ず、息を呑み込んだ。

「芝居町で商いをする料理屋、芝居茶屋というものは、魚河岸や材木商の旦那衆などに日頃から何かと御贔屓に与ったり世話になったりしておりますからね」

寿八郎が述べたことは、床山の父を持っていた小梅には得心がいった。

「その扇子屋さんの名は忘れましたが、呼ばれたお客が坂東吉太郎さんだったので、覚えていたんですよ」

「やっぱり、茶屋に招かれるほどの役者じゃなかったからですか」

苦笑いを浮かべた小梅が敢えて尋ねると、

「それもありましたが、藤吉さんの娘さんと恋仲だっていう話は、わたしの耳にも届いてましたからね」

「え」

小梅は、思いもしない返答に、瞠目(どうもく)した。

「違いましたかな」

寿八郎は笑みを浮かべて、小梅の顔を覗き込んだ。

「いいえ」

小梅が呟くと、寿八郎は小さく頷いて両手を膝に置いて改まった。

「吉太郎さんは火傷を負って役者をやめたという噂は聞いていましたが、今、どうしていなさるね」

「えぇ」

曖昧な言葉を洩らした小梅は、

「吉太郎さんは、ひと頃、知り合いの幇間と組んで、声色（こわいろ）屋として夜の町を流していました。でも、このところ江戸の夜はなにかと物騒で――先月、芝汐留の川に死んで浮かんでいるのが見つかりました」

詳しいことは言わずに、吉太郎の死だけを伝えた。

〜へっつぅい直し、へっつぅい直し。灰はたまってございませんか。灰屋でござあい〜

日射しを受けて輝く障子の外から、謡（うた）うような男の声が忍び込んで来た。

灰買い屋のその口上は、間を取って何度か繰り返しながら、ゆっくりと遠ざかって行った。

十

伊勢町堀の貸席を後にした小梅は、治郎兵衛と寿八郎を先導でもするように、小網町二丁目へと案内していた。

「寿八郎さん、これから戸越村にお帰りなら、品川まで船を仕立てようと思いますが」

先刻、話し合いの終わった『田村屋』で、治郎兵衛はそう申し出た。

品川まで船で行けば、そこから荏原郡の戸越村までは一里（約四キロ）ほどの道のりだから、あとは駕籠か馬を雇えば日のあるうちに帰りつけるという見当である。

「柳橋の船宿に知り合いの船頭がおりますから、船の都合はつけさせますよ」

治郎兵衛が口にした船頭とは、おそらく佐次のことだと思われた。

ところが、

「日本橋に着いてすぐ、帰りの船は用意しておきました」

寿八郎から、思いがけない返事があったのだ。

「目黒の筍や荏原村の青物などを日本橋に運んでいる水運業者に声をかけますと、品川に戻る小荷足船があるから、それに乗ってお帰りなさいと言ってくれましてね」

寿八郎は、帰りを気遣った治郎兵衛に頭を下げた。

芝居茶屋『相模屋』の番頭だった寿八郎には、日本橋界隈の魚河岸は無論のこと、水運の業者、駕籠屋、武州や下総などから江戸に産物を運んで来る百姓などにも知己があって不思議ではなかった。

日本橋本石町の方から、八つ（一時半頃）を打つ時の鐘が聞こえ始めた頃、小梅たち三人は、小網町の鎧河岸に着いた。

寿八郎を品川まで乗せて行く小荷足船は、八つ時に鎧ノ渡近くに横付けすると聞いていた。

「寿八郎さん、これは些少ですが、品川からの駕籠代にしてください」

治郎兵衛が小さな紙包みを差し出すと、

「それは困ります」

寿八郎は、治郎兵衛の手を柔らかく押しやり、

「藤吉さんを焼き殺した火事の元を知りたいという小梅さんの役に立てるなら、出

て来た甲斐があるというものです。その金でどうか、藤吉さんの墓に花でも供えてもらう方が」

しみじみと思いを述べた。

「それじゃ、お言葉に甘えて、そうさせてもらいましょうか」

そう言い終わると、治郎兵衛は意を確かめるように小梅に眼を向けた。

「ありがとうございます」

小梅が頭を下げると、寿八郎は満足げに大きく頷いた。

「『相模屋』さん」

声をかけたのは、川岸に近づいて来る船の舳先に立って棹を差していた船頭だった。

船底には三つの菰包みと正月飾りの品物が入れられた竹籠が載っているだけである。

船腹を岸辺に着けた船頭は、舳先の縄を手にして岸へと上がり、

「どうぞ、乗り込んでおくんなさい」

船が動かないように縄を引っ張って、寿八郎を促した。

すぐに船に乗り移った寿八郎は、船底に立った。

「寿八郎さん、また江戸に出る時があれば、ぜひお知らせを」

小梅が声を掛けると、

「えぇえぇ、そうしますよ。お寅さんにも、ひとつよろしゅう」

寿八郎は、立ったまま小梅に軽く頭を下げた。

「それじゃ、出しますぜ」

船頭は声を上げると艫に飛び移り、手にした棹を岸辺の石に突き立てるや否や思い切り押して、日本橋川の中ほどへと舳先を向けた。

小梅と治郎兵衛は岸辺に立って、寿八郎の乗った船が去って行くのを見ている。

「だけど、短い間に『相模屋』の主人や番頭さんの行先まで調べ上げるなんて、治郎兵衛さんのお仲間は神業をお持ちなんだね」

感心した声を出すと、治郎兵衛はただ、小さく微笑みを見せただけである。

「それよりも、寿八郎さんの話は、少しは役に立ったかい」

「うん。ひとつ、大事なことを確かめられたよ」

小梅が確かめたこととは、吉太郎こと清七しか会ったことのない京扇子屋の才次郎についてである。吉太郎を『相模屋』に招いた才次郎の顔かたちなどで、気になったことはなかったかと、先刻、貸席で寿八郎に尋ねていた。

すると寿八郎は、

「初めて見たお人でしたが、端整な顔立ちだったと覚えております。それに、左の耳の下に黒子がひとつございました」

小梅にそう答えたのだ。

清七は『才次郎の耳の下に、小さな黒子有り』と書き残したが、左右どちらの耳の下かは書いていなかった。それが寿八郎の話によって「左の耳の下」だとはっきりわかった。

左の耳の下に黒子がある男と言えば、小梅が見かけた『木島屋』の手代の小三郎である。

先刻の寿八郎の証言によって、才次郎と小三郎は、二つ名を使う一人の男だということがさらに確かになったと思われるのだ。

しかし、二つ名を使うその男は『木島屋』からいなくなり、どこへ姿を隠しているのだろうか。腹を刺されて殺された『賽の目の銀二』のように、何かの悪事に加担した挙句、口を封じられたのだろうか。

謎がひとつ解けても、次の謎が小梅の前に立ちはだかっていた。

「お、また降り出したねぇ」

治郎兵衛の声に、小梅は辺りに眼を遣った。

風に流されてきたような粉雪が、川面に落ちて、すぐに溶けた。

「わたしは高砂町に戻るけど、治郎兵衛さんは」

「わたしはほら、動いてくれた例の二人に、芝の方で美味いものを食わせてやることになってるんだよ」

「そしたら、わたしはこっちへ」

小梅は北の方を指し示すと、

「わたしはここで渡し船を待って、茅場町から八丁堀を通り抜けますよ」

治郎兵衛は足元を指さす。

「今日はありがとう」

治郎兵衛に一言掛けて踵を返した小梅は、堀江町入堀の方へと足を向けた。

いつの間にか勢いを増した粉雪で、町並はぼんやりとかすみ始めていた。

第四話　虎の尾

一

天保十四年（１８４３）に年が改まってから、三日目の朝である。

銀朱（ぎんしゅ）の着物の上に、吉原繋ぎの柄をあしらった裁着袴を穿いた小梅は、灸の道具箱を提げ、越前堀（えちぜんぼり）沿いの道を鉄砲洲（てっぽうず）富士の方へと足を向けている。

日が昇ってから一刻（約二時間）も経っていない頃おいでもあり、暖まり切らない冷気が堀を吹き抜けて行く。

『灸据所　薬師庵』の小梅とお寅の年の瀬は、大晦日まで慌ただしく過ぎた。

『薬師庵』は例年、大晦日まで客を迎え入れているから、正月の支度にも追われててんてこ舞いするのは、毎年のことではあった。

正月飾りや御節料理の支度の合間に、恒例の餅搗きもしなければならなかった。

以前は、灸据えの常連客である新五郎が梯子持ちを務める町火消、壱番組『は』組の鳶人足たちに頼んで餅を搗いてもらっていた。

しかし、どこかで火の手が上がれば、火消し人足たちは餅搗きどころではなく、頼みづらくはあった。

そんな折、住吉町裏河岸に住んでいる正之助のもとに、『鬼切屋』にゆかりのあった男たちが、足しげく通っていると知ったお寅が、

「今年から、うちとこちらで手を合わせて暮れの餅搗きをするっていうのはどうでしょうね、三代目」

正之助に声を掛けたのである。

正之助は『鬼切屋』を継いだわけではないのだが、二代目の倅ということで、三代目と呼ぶことがあった。

お寅の申し入れには、正之助をはじめ、年かさの治郎兵衛も、佐次や吉松までもが大いに乗って、五年前から『薬師庵』と元『鬼切屋』は餅搗き道具の臼や杵、そ

れに餅米を持ち寄っての餅搗きを続けていた。

昨年の餅搗きも、例年通り師走の二十八日に搗き終えたのだった。

大晦日の小梅とお寅は、燗酒を呑みながら除夜の鐘を聞き、元日は遅くに目覚めた。

翌二日は初売りで、諸方(しょほう)には人が出て賑わいを見せる。

殊(こと)に、商家の並ぶ日本橋界隈には例年多くの人が押し寄せるのだが、小梅もお寅も、そんなところに近づいたことはなかった。

中村座や市村座をはじめ、人形芝居の一座もある堺町、葺屋町の芝居町は、一月は『初春狂言』と言われて、二日は、芝居小屋の初日の幕が開く大事な日であった。

市村座の床山であった小梅の父親にとっても大事な初日であり、初売りに浮かれることなどなかったのだ。

小梅が歩いている越前堀のあたりに、日本橋、江戸橋界隈の喧騒は届いてはいないが、八丁堀や対岸の霊岸島の方からは、三味線や笛太鼓の音などが入り混じって聞こえてくる。

編み笠を被った鳥追女(とりおいおんな)は三味線を弾きながら歌い歩いて銭を得、笛や太鼓を打ち鳴らして舞い踊る太神楽は家々を回って門付けをしているに違いない。

「鶴は千年の名鳥なり、亀は万歳のョ御寿命保つ。鶴にも勝れ亀にもます、今日この家をば長者のしんと祝い栄えましンまする」

正月のたびに聞いた覚えのある口上が、鼓の音に合わせて流れてきた。

越前堀に架かる高橋を、鼓を打つ才蔵と、祝いの口上を述べる折烏帽子に大小の刀を差した袴姿の太夫の二人組が、のんびりと渡って来る姿に、小梅は思わず足を止めた。

道具箱の一番下の引き出しから穴開き銭五枚（約五〇〇円）を摘まんだ小梅は、

「新年おめでとう」

袋を持っている才蔵に銭を差し出した。

心得た才蔵が袋の口を開けると、小梅は袋に銭を投じる。

「代々栄えるお家の繁盛なお万歳楽までも、まことにおめでとう候いける」

太夫が祝いの言葉を掛け、最後に才蔵が鼓をポンと打って、二人組は並んで八丁堀河岸を西の方へと歩み去って行く。

面白い芸を見せてくれたら喝采の声を掛けるか、持ち金があれば少額でも喜捨することにしていた。それが、才蔵の袋に投じた二十文である。

芸人や役者などが芸を競う芝居町で生きていた父親の心意気が、今の小梅に受け継がれているのかもしれない。

万歳（まんざい）の二人を見送るとすぐ、越前堀に架かる稲荷橋を渡って、鉄砲洲富士のある湊（みなと）稲荷前に差し掛かった。

年が明けて最初の出療治は、南八丁堀と道を隔てた鉄砲洲本湊町の船宿ということだった。

朝の掃除を済ませると、お寅と差し向かいで雑煮を食べ終えた小梅が『灸据所薬師庵』の始業時である五つ（八時頃）に、戸口の脇に下げていた『やすみます』の札を外した。

それを待っていたかのように『薬師庵』の戸が叩かれた。

入って来た若い男は、鉄砲洲本湊町の船宿『洲本屋（すもとや）』の下男だと名乗り、対応した小梅に出療治を申し入れたのである。

灸を据えたいと言っているのは、大晦日から泊まっている小店の若旦那だということだった。

大晦日から芸者を揚げて飲み食いをしたり、女を呼びつけて遊んだりした挙句、今朝がた寝違いを起こしたのか、首と肩に痛みが走り、動くのにも難儀していると告げて、

「ぜひとも療治にお出で願いとう存じます」

若い下男は、深々と腰を折ったのである。

承知した小梅は、先に下男を帰してから支度を整え、日本橋高砂町を後にしたのだった。

二

船宿『洲本屋』の土間に立った小梅が、『灸据所　薬師庵』から来たと声を掛けると、四十は超していると思しき大柄な女中が先に立って階段を上った。

通されたのは、八畳ほどの部屋である。

窓辺の障子は閉め切られているが、朝日を浴びて輝いており、部屋中に光が満ちていた。

朝日を浴びていることから、障子の外は大川の河口辺りだろう。

障子を開けば、間近に石川島が望めるはずだ。

「うちの若い衆が『灸据所』で言われた通り、火鉢に火を熾し、お客さんには敷いた薄縁に横になってもらいましたから」

女中が言う通り、窓際に敷かれた薄縁に、腰から下に掻巻を掛けた二十三、四くらいの町人髷の男が腹這いになっている。

薄縁の近くに道具箱を置いて膝を揃えた小梅は、開けっぱなしになっている襖の向こうに、何組かの布団が積まれている次の間があるのに気付いた。

次の間に置かれた火鉢を間に挟んで、酒を酌み交わしている赤ら顔の男二人が、小梅の方に好奇の眼を向けている。

見たところ、腹這いになった男と同じ年恰好の二人も、小店の若旦那とも思えるが、寝巻の上から羽織った褞袍はだらしなく乱れている。

「他になにか用意するものがあったら、言っておくれよ」

「火鉢から火を貰いさえすれば、こっちの用は足りますので」

女中に返答した小梅は、道具箱の引き出しを開けて灸据えの支度に取り掛かった。

「それじゃ、よろしく」

小梅に声を掛けて、女中が廊下に出かかると、

「女中さん、昨夜の話は本当に駄目なのかねぇ」

次の間から出てきた丸顔の男が女中に近づいて、縋(すが)るように問いかけた。

「昨夜も言った通り、芸者ならいくらでも呼ぶことは出来ますけれど、ここは深川とは違いますから、女郎を呼ぶってことは出来ませんよ」

小声で答える女中の声は、線香や艾を取り出している小梅の耳にもはっきりと届いている。

「けどなぁ、芸者を抱くにゃ面倒なうえに銭金が掛かりすぎるからさぁ。なぁ善吉(ぜんきち)」

次の間から顎の尖った男が愚痴を零(こぼ)すと、

「両国あたりじゃ、隠し女を呼んでくれる船宿もあるらしいじゃないか」

善吉と呼ばれた丸顔の男はさらに女中に縋りついた。

「深川の岡場所なら伏せ玉と呼ばれる女郎衆を呼べるそうですから、深川に河岸(かし)をお変えになったら、如何でござんすか」

女中は動じることなく言い返すと、軽く会釈をして廊下に出て行った。

丸顔の善吉は小さく「あぁあ」と声を出して次の間に引き上げた。

「仙太郎、おれがこの様だっていうのに、お前らだけいい思いをしようってつもりかよ」

薄縁に腹這っていた男が上体を少し起こして、仙太郎と呼んだ顎の尖った男と善吉に文句をぶつけたがたちまち、

「イタタタ」

首の辺りを手で押さえて、顔を突っ伏した。

いつもは一重瞼の目元の涼しい男なのだろうが、腹這った男は痛そうに目元に皺を刻んでいる。

「栄助よぉ、昨日は芸者を呼んで騒いだが、花代ふんだくられただけで、こっちは女っけなしじゃないか」

仙太郎が、腹這った男に向かってぼやくと、

「こんなことなら、端から根津か深川に行っておけばよかったんだよぉ」

岡場所で名高い町の名を言い募った善吉は、口を尖らせた。

「それじゃ、首と肩を見せてもらいます」

栄助と呼ばれた腹這った男の脇で膝を立てた小梅は、着物を下げて男の両肩を露わにした。

「首と肩の凝りだと聞いてますから、『風池』『天柱』という首のツボから灸を据えましてから、『百労』『肩中愈』『肩外愈』という肩のツボを療治させていただきます」

ツボの辺りを指で押して伝えた小梅は、火鉢の火を線香に移し、首のツボに置いた艾に火を点けて行く。

首と肩のツボはそれぞれ二か所あり、すべてのツボに五回の灸を据えるのに四半刻（約三十分）くらいは要した。

その間、閉め切られた障子の外から、大川を上り下りする船の櫓の音がいくつも届いたし、獅子舞の囃子が微かに通り過ぎても行った。

「今日の療治はこれで終わります」

すべてのツボに灸を据え終えた小梅は、栄助が敷いていた薄縁を外して、溜まった艾の滓を刷毛で掃き取ると火鉢の中に捨てた。

「しかし、灸を据えに来るというから、爺さんか婆さんだと思っていたが、若い女とは案外だったねぇ」

起き上がった栄助が、片付けをする小梅に自分の顔を近づけた。

「あぁ、おれもさっきからそう思って見てたんだが、いい顔してるよ」

そう言いながら、次の間から這い寄って来たのは丸顔の善吉である。

「灸を据え終わったことだし、この後はおれたちの相手をするっていうのはどうだい」

仙太郎と呼ばれた男も近づいて来て、小梅の鼻先で酒臭い息を撒き散らす。

「おれを除け者にするのかよ」

首を回しかけた栄助は、痛みに顔を歪めると、体ごと仲間の方を向いた。

「栄助お前、首は回らなくても腰は動くだろうよ」

「うん。それはそうかもしれないね」

栄助は、仙太郎に返答すると、ふふふと含み笑いをした。

「片付けは後にして、姐さん、布団のある次の間に来なよ」

「およしなさいよ」

小梅は、無遠慮に手首を摑んだ仙太郎の手を振り払う。

「灸師は話によっちゃ、体を売ると聞いてるぜ」

「そういう人もいるとは聞いていますが、うちの灸据所は生憎、そんなとこじゃないんですよ」

小梅は冷静に言い返したが、

「いいじゃないか、二朱（約一万二五〇〇円）は出すからさぁ」

栄助が、笑みを浮かべて抱きついてきた。

「とんだお門違いですよ」

小梅が腕を摑んで畳に転がすと、

「たかが灸師のくせに、お高く止まるんじゃないよ」

首の痛みも忘れたかのように上体を起こした栄助が、目を吊り上げて声を荒らげた。すると、善吉と仙太郎は立ち上がり、左右から小梅に摑みかかった。

だが、酒に酔った男の動きは鈍く、小梅は難なく二人の男を畳に引き倒すと、線香立てに差していた線香を摘まんで、男二人の手の甲に押し当てた。

「アツアツアツ」

声を張り上げた男二人は、よく聞き取れない言葉を吐きながら畳の上をのたうち回った。

「宿の番頭でございますが、ごめんなさいまし」

廊下から声が掛かるとすぐに障子が開き、船宿『洲本屋』の印半纏を羽織った初老の番頭が、

「『野島屋』の若旦那、この騒ぎは何ごとでございましょうか」

部屋の中に顔を突き入れた。

「この灸据え女が、連れの二人の手に火の点いた線香を押し付けたんだよぉ」

宿の男に答えたのは、栄助だった。

「番頭さん、大事になったのは申し訳ありませんが、こちら様に無体なことを仕掛けられましたので、商売道具の線香で、ついとっちめてしまいまして」

落ち着いた声でわけを言うと、小梅は火の点いた線香を火鉢の灰に突き差した。

「何が無体だよ」

「手に火傷を負わせやがったからには、こっちは訴え出るしかないね」

仙太郎が善吉の尻馬に乗って吠え立てた。

「訴えるなんて、ここはどうか穏便に。ね、栄助さん」

うろたえた番頭は、縋るように栄助を見て、両手をついた。

「この女が宿代を持つというなら、穏便に済ませてもいいんだがね」

栄助は、仙太郎、善吉と顔を合わせて、薄笑いを浮かべる。

「いえ。それよりは、わたしに線香の火を押し付けられたと、いっそ自身番なり奉行所なりに訴え出てもらいましょうか」

小梅がそう持ち掛けると、

「なに」

栄助が、戸惑ったような声を発した。

「八丁堀はここからすぐですから、宿の若い衆を奉行所同心の役宅に走らせたらどうですかね、番頭さん」

小梅が淡々とした口ぶりで申し出ると、栄助ら三人は俄にうろたえ、

「しかし、それでは事があまりにも大事に――」

番頭はおろおろと身をよじらせた。

「番頭さん、騒ぎは収まりましたかね」

廊下から鷹揚な声が届くと、

「こりゃ、旦那。ご迷惑をおかけしまして」

番頭は慌てて体を捻り、障子の陰になっている方へ両手を突いて平伏した。

半分ほど開いていた障子が、番頭とは別の手が伸びて大きく開けられると、廊下に立っていた恰幅のいい老爺が、部屋の中を一瞥(いちべつ)した。

「あ。これは、『日向屋』さん」

上ずった声を出した栄助が、首を突っ立てたまま膝を揃えて老爺に向かって両手を突いた。

栄助の発した声を聞くと、小梅は廊下の老爺に眼を凝らした。

「おぉ。あんた、いつぞやの『薬師庵』の灸師さんじゃありませんか」

先に声を掛けたのは、材木問屋『日向屋』の主、勘右衛門だった。

「その節は、過分の療治代をありがとう存じました」

小梅が丁寧に礼を言うと、

「なんの」

笑って答えた勘右衛門は、栄助に眼を留めると、

「あちらは、わたしを見知っておいでのようだが」

廊下に控えている番頭に尋ねた。すると、

「ご存じないだろうと思いますが、本小田原町で昆布を商っております『野島屋』という小店の倅でして、『日向屋』さんのお顔だけは、よく」

栄助は、番頭が応える前に、自ら名乗った。

「それで、先刻の騒ぎのけりはつきましたかな」

勘右衛門は出自に関心を示すことなく、栄助に問うた。

「はい。お騒がせをして申し訳ございませんでしたが、わたしらは、次の間で着替えをしたら、引き上げる算段をしておったところでございます」

そう言って立ち上がろうとした栄助は、首に痛みが走ったのか、倒れそうになった体を咄嗟に片膝を突いて支えた。

「お引き上げになる前に、療治代をいただきたいのですが」

小梅が声を掛けると、仙太郎と善吉に両脇を支えられた栄助が立ち上がり、

「いくらだい」

ゆっくりと首を回す。

「首と肩の二か所でしたから、四十八文いただきます」

「灸師さん、それなら帳場で立て替えますので、帰りに寄ってください」

腰を上げた番頭は、小梅にそう告げるとその場を離れた。

「それでは『日向屋』さん」

支えられて次の間に入った栄助が勘右衛門に頭を下げると、二人の仲間がゆっくりと襖を閉めた。

「お前さん、よかったら、わたしらの座敷に来てみないかね。気の置けない知り合いたちと、正月を祝っていたところでね」

廊下の勘右衛門から誘いの声が掛かったが、

「ありがとうございますが、これからもう一軒寄るところがございまして」

小梅は座ったまま、丁寧に頭を下げた。

三

鉄砲洲本湊町の通りに立った小梅は、今出たばかりの船宿『洲本屋』の建物を見上げた。

　こんなところで材木問屋『日向屋』の勘右衛門と顔を合わせることになるとは思いもよらなかったのだ。

『日向屋』は日本橋の本材木町に店を構えており、霊岸島の大川端町には、以前小梅が療治に出向いた『木瓜庵』という別邸もあったから、鉄砲洲の船宿に現れても不思議なことではない。

　先刻、知り合いと正月祝いをしている座敷に来ないかと勘右衛門に誘われた小梅は、「寄るところがある」と言って断ったが、それは嘘だった。

　どうせ大店の旦那やお武家のいる席へ行っても堅苦しいだけだと思って、逃げたのだ。

　帳場に寄って、立て替えの療治代四十八文と、栄助らの所業を詫びて出された一朱（約六二五〇円）を番頭から受け取った途端、ふと、寄ってみたいところが頭に浮かんだ。

　鉄砲洲から南へ向かえば、築地の本願寺まではさほどの道のりではない。

　その本願寺から西へ二町（約二二〇メートル）ばかり進めば、旗本、秋田金之丞家の屋敷が築地川の東岸にある。

『旗本の秋田金之丞様方に新年の挨拶を兼ねて、昨年療治を施した綾姫様の様子をお伺いに行く』

小梅は、そんな内容の言付けを『灸据所　薬師庵』に届けてほしいと頼んだところ、

「朝方使いに行かせた若い者を走らせます」

番頭が請合ってくれたおかげで、安堵して船宿を後にしたのである。

小梅はまず、鉄砲洲本湊町から築地へとまっすぐ南へ延びる道を進んで、明石町へ向かうことにした。

小梅が築地の秋田家を訪ねるのは、久しぶりのことである。

『薬師庵』の常連だった秋田家の用人飛松彦大夫の頼みで、手足の冷えに悩まされているという同家の次女、綾姫に灸を据えに行ったのが出療治の始まりだった。

三度目に訪ねた昨年の十月末、些細（ささい）な出来事が持ち上がった。

肩のツボ『膈兪（かくゆ）』に艾を置こうとした小梅は、綾姫の後ろ髪の下に丸い禿を見つけたのだ。

娘の頭皮に禿を見つけるのは珍しいことではなかった。

療治の経験から、頭に禿を作るのは、取るに足らないことで気を張り詰めたり、悩みを溜めて気鬱になったりしがちな娘に多いように思われた。

綾姫付きの侍女と相談したうえで、禿のことは本人に伏せたまま、今後は気鬱を治すという体裁で療治を続ける了解を得ていたのだが、その後、秋田家から療治の依頼は途切れていた。

小梅には、新年の挨拶にかこつけて、久しぶりに綾姫の様子を見たいという思いがあったのである。

築地川に面した秋田家の門は開かれていた。

その門を潜った小梅が式台に向かっていると、新年の挨拶に訪れた帰りと思しき正装の武士が二人、相次いで通り過ぎて行った。御書院番の旗本である秋田家には、正月ともなると、多くの武家が年賀の挨拶に訪れるようである。

式台の前に立った小梅が、応対に出た家士に名を名乗り、綾姫に挨拶したい旨を伝えると、

「しばしお待ちを」

家士は奥へと消えた。

だが、ほどなくすると、

「いい折であった。お上がりなされ」

家士とともに大股で式台に姿を現した飛松彦大夫が、小梅を手招いた。

「近くに出療治に来ましたので、新年のご挨拶にとお寄りしただけでして」

小梅が、屋敷内の廊下を彦大夫に付いて歩きながら事情を口にすると、

「それで道具箱を提げていたのだな。それはもっけの幸いというものだ」

彦大夫はそう言うと、「うんうん」と独り合点して、

「実は、ほんの二、三日前から、綾姫様がその方の療治を受けたいと申しておられたのじゃよ」

「それはよい折でございました」

小梅は少し前を行く彦大夫の背中に軽く頭を下げる。

彦大夫は日の射す中庭に差し掛かると、庭を四方から囲んでいる廊下の一角を左へ曲がった。

小梅も続いて曲がると、「お」と小さく声を発した彦大夫が足を止めた。

庭を挟んだ反対側にある廊下に、侍女の牧乃を従えて現れた、二十をいくらか超した年頃の姫君に、彦大夫は無言で軽く頭を下げると、

「綾姫様の御姉上の小萩様じゃよ」

小梅に囁いた。

急ぎ眼を向けたが、小梅の眼には、廊下の角を曲がっていく小萩の後ろ姿だけが見えた。

「綾姫様の姉上は、たしか、二千石のお旗本、亀沢家に嫁いでおられるとお聞きしましたが」

小梅が呟くと、彦大夫は何も言わず、小さく頷いた。

小萩は、今年二十二になる綾姫より二つ三つ年上のようである。

綾姫の姉が、二千石の旗本、御小姓組を務める亀沢家の跡継ぎである清四郎に嫁いでいることは、昨年の師走、『薬師庵』に現れた彦大夫から聞いたことだった。

去年、師走に入ったばかりの江戸では、武家屋敷や大店から盗み取った高価な髪飾りや装飾品などが高札場に晒されるという出来事が世上を賑わせていた。

盗品とともに、盗んだ先の名まで書き記された書付も晒している盗人が〈烏〉の絵を書付に描いていたことから、今では『からす天狗』と呼ばれて、奢侈禁止令に苦しむ庶民から、喝采を浴びていたのだ。

昨年の師走、高価な簪と櫛を芝増上寺の山門に晒された武家のひとつは、旗本の亀沢家であると、『からす天狗』の書付によって天下に知られるということが起きた。

老中の水野忠邦が押し通す奢侈禁止令には〈武家には及ばない〉という条文があるから、亀沢家などの武家は罰せられるわけではないものの、『からす天狗』の所業は庶民には恰好の憂さ晴らしとなった。

公儀に向けられる庶民の怒りや批判を躱すために、なんらかの咎めが武家に及ぶことになったら、

「いつ何時、亀沢家の縁戚である秋田家にまで累が及ぶか分からぬ」

そんな悩みを抱えつつ秋田家の用人、彦大夫は、半月ほど前『薬師庵』に灸を据えにやって来たのだった。

中庭の廊下に立って、小萩を見送った彦大夫は、

「亀沢家では、盗まれたお家の物が、こともあろうに、将軍家に所縁のある増上寺山門に晒されたことを憂慮しておられるようなのだ。つまり、この先のご老中の御意向がはっきりするまで、小萩様をご実家で預かっていただきたいと言うて来たのじゃよ」

彦大夫は、並んで立った小梅に小声で告げると、ふうと息を吐いた。

綾姫の部屋での療治の支度が整うまで、小梅は次の間に通されていた。

若い侍女が置いて行った湯呑の茶を三口ばかり喫んだところで、

「待たせたな」

綾姫の部屋の襖が開いて、四十を超したばかりと見える牧乃が、小梅に入るよう手招いた。

八畳ほどの部屋に入ると、敷いた薄縁の上に襦袢の上から上掛けを羽織った綾姫が膝を揃えていて、道具箱を提げた小梅に親しげな笑みを投げかけた。

「新年明けましておめでとうございます。その後お加減は如何でございましょう」

小梅が両手を突いて挨拶をすると、

「おめでとう。昨年の灸のお陰でなにやら気も静まったようでな。次の療治を待ちわびていたところであった」

「それはよいところへお伺いしたものでございます」

小梅は小さく頷くと、部屋の中を見回して、暖気が行き渡っているかどうかを確かめる。

先刻、牧乃に指示をした通り、部屋には二つの火鉢が置かれており、それぞれに載せられた鉄瓶から湯気が立ち昇っていた。

「では、『膻中（だんちゅう）』『期門』のツボから始めさせていただきます」

小梅が声を掛けると、療治の要領を心得ている綾姫は牧乃の手に支えられ、薄縁の上に仰向けになった。

小梅が綾姫の襦袢の襟元（えりもと）を広げると、へその下あたりまでの白い肌が晒される。

牧乃はすかさず、姫が冷えないようにと腰から下を上掛けで覆う。

両の乳房の間にある『膻中』という一点のツボに艾を置くと、小梅が線香の火を点ける。

ひとつのツボに五回の灸を据えたら、あばら骨の下方に二か所ある『期門』と、への真下にある『気海』というツボへ灸を据え進めるのが手順であった。

療治中、綾姫の部屋は静かだった。

頻繁に出療治に行く近隣の商家や長屋などと違い、二千坪に迫る広さの敷地に立つ屋敷では、人の声も暮らしの音も届いては来ない。

届くのはせいぜい、獣じみた百舌鳥の声ぐらいである。

「次は、お背中です」

腹部の療治を終えた小梅が告げると、牧乃が手を添えて綾姫をうつ伏せにさせる。

小梅が、綾姫の襟を摑んで両肩の素肌が見える辺りまで引き下げると、すかさず牧乃が、腰から下に上掛けを掛けた。

素肌を晒した綾姫の肩を手拭いで覆うと、小梅はそっと襟足の髪を左手で持ち上げてみる。

そこには依然として、円形の禿があった。

小梅は何も言わず、髪の生え際にある『天柱』というツボに艾を置くと、煙を上げている線香を摘まんで火を点けた。

それを三度繰り返した時、いきなり庭側の障子が開いて、小萩が部屋に入って来た。

「小萩様」

牧乃が呟いたが、好奇心を露わにした小萩は、

「彦大夫が、綾は灸を据えていると申したので、見に参った」

綾姫の傍に膝を揃えると、煙を上げる艾に顔を近づける。

「綾、熱くはないのか」

「熱いのはほんの一時のことですから」

「ほう」

そう口にした小萩は、さらに煙を上げる艾に顔を近づけた。

「綾、これは禿ではないのか」

小萩が、綾の禿を指で押して、あっけらかんと言い放った。

「禿とは」

訝りの声を洩らした綾が身を起こそうとするのを、

「火の点いた艾が落ちます」

と、小梅がやんわりと押し留めた。

「牧乃、わたしには禿があるのですか」

「いいえ」

牧乃は即答したが、

「丸い形をしていて、大きさは、碁石ほどじゃな」

小萩が形状を冷静に伝える。

「いいえ。禿などではございません。髪を結っているうちに抜けてしまっただけの、ただの」

「それが禿というものではないのか」

小萩に言い返されて、言葉に詰まった牧乃はがっくりと項垂れた。

「禿のことは、小梅さんも知っていたのですか」

燃え尽きて灰になった艾を敷物に落として起き上がった綾姫は丁寧な物言いをしたが、言葉には非難じみた響きがあった。

「はい。知っていました」

小梅は、覚悟を決めて背筋を伸ばすと、

「娘さんに多く見られる頭皮の禿というものは、あれこれ思い悩んで気鬱になることから起こると言われております。わたしとしては、姫様を思い悩ませてはよくないと思い、牧乃様と相談し、禿のことはお知らせせず、気鬱を和らげる灸を据えるということにして、気長に療治を続けることにしたのです」

正直に打ち明けた。

「わたしは騙されていたのですね」

綾姫が泣きそうな顔で唇を嚙むと、

「誰も信用ならぬ。禿など治らぬに違いないのじゃ」

「分かりました。わたしに信用が置けないと申されるお方には、こちらとしても療治をいたしかねますので、今後一切こちらへは参りません」

静かに口を利いた小梅は、ゆっくりと頭を下げ、灸の道具を片づけ始めた。

日頃から気を揉んであれこれ思い悩む相手には、厳しく当たる手もある。

すると、両肩を張って小梅を睨みつけていた綾姫は、ガクリと肩を落とし、

「すまぬ。こののちも頼む」

泣きそうな声を洩らした。

四

築地川が海に注ぎ込む辺りから乗り込んだ猪牙船は佃島を通り過ぎ、大川の上流へと遡っている。

小梅は舳先近くにお園と並び、横座りしていた。

川風はひんやりとしていたが、顔を刺すほどではない。

先刻、綾姫の療治を終えて秋田家を出た小梅は、その足を築地川沿いに北へと向けた。

日本橋高砂町に帰るのに、八丁堀を通り過ぎたら南茅場町へと突っ切って、日本橋川を小網町に渡るという道順を取ることにしたのである。

秋田家からほんの僅か行った先にある枡形になった角を右へと折れたところで、小梅は足を止めた。

辻番所近くの川端に立っているお園に気付いたのだ。

「『薬師庵』に行ったら、鉄砲洲から、築地の秋田家に回るという言付けがあったと聞いたものですから」

待っていた言い訳をしたお園は、小さく会釈をした。

「わたしに、なにか」

「これから、昼餉を付き合っていただけないかと思いまして」

お園の言葉に、小梅は思わず見上げてしまい、日がすでに中天近くにあるのを知った。

「行先は浅草ですから、この先に船を待たせてます」

口ぶりは穏やかだが、その言葉には有無を言わせないような響きがあった。

船を仕立ててまで待っていた思いも汲み、小梅は浅草への同行を受け入れたのである。

「『からす天狗』と呼ばれている気分はどんなものなんだい」

猪牙船が永代橋を過ぎたところで、小梅が声を潜めて尋ねた。

恐らく、艫(とも)で櫓を漕ぐ船頭の耳には届くまい。

「なにも、そう呼ばれたくてやってるわけじゃありませんよ」

お園は、気分を害したような答えを返した。

「築地の秋田家の長女は、『からす天狗』に盗品を晒された、旗本、亀沢家の跡継ぎに嫁いでいるそうだよ」

小梅が囁くと、関心を示したのか、お園が眼を向けた。

「それで、亀沢家は揺れ、縁戚にまで禍が及ぶのではと、秋田家でも気が気じゃないようだ。人騒がせにもほどがあるってもんだよ」

「世間が騒ぐのは、狙い通りですよ」

お園は、気負うことなく口を開くと、

「奢侈禁止という公儀の決めごとが理にかなったものかどうかなんて、世の中を騒がせないことには誰も考えませんよ。見た目には澄んだ水たまりだって、底にはどんな毒草や毒虫が息をひそめているか知れやしない。それを確かめるには、水底に金棒なんかを差し入れて引っ掻き回すしかありませんからね」

淡々と述べて、流れる岸辺の光景に眼を向けた。

小梅とお園が乗った猪牙船は、大川西岸の黒船河岸の先にある駒形河岸に船縁を寄せて係留された。

「ありがとう」

そう言って船頭に手間賃を渡したお園に続いて小梅が岸に上がると、

「どうも、過分に頂戴しまして」

船に立っている船頭から声が掛かった。

「煙草銭ですよ」

船頭に笑顔で答えたお園は、小梅の先に立った。

人の行き交いの激しい駒形堂の広場を突っ切るようにして前を行くお園は、暖簾の下がった料理屋『東雲亭』の出入り口へと足を向けた。

「何かとお騒がせしたお詫びに、『東雲亭』の昼の弁当を用意しておいたんですよ」

お園は笑みを浮かべてそう言うが、どうも、言葉通りに受け取るわけにはいかない。だが、ここまで来たら、お園の思惑に乗ってみることにした。

料理屋『東雲亭』の一階にある広間は多くの客で埋まっていた。

お園があらかじめ席を取っていたおかげで、すんなりと入ることが出来た。十二、三人ほどの客の入った広間では、客たちの話し声が飛び交い、そこここから笑い声も起きている。

黙々と箸を動かしていた小梅とお園の弁当は、あと少しで食べ終わるという分量になっていた。

広間の一角から楽しげな笑い声が上がった時、建物の奥の方から、突然、銅鑼（どら）や鉦（かね）を打ち鳴らす音が鳴り響いた。そしてすぐに、「火事だ」と喚（わめ）く男の声が上がると、広間にどよめきが起きた。

銅鑼の音とともに瀬戸物の割れる音がしたかと思うと、その直後、

「お客さん方、途中でしょうが、火事だという声が上がりましたので、念のため表へ出てくださいまし」

おろおろと広間に飛び込んで来た『東雲亭』の印半纏を着た男が声を張り上げると、多くの客が土間に下り、何人かは裸足のままでわらわらと出入り口へと駆け出す。

「慌てることはありませんよ」

お園は小梅に声を掛けてゆっくりと腰を上げると、土間に敷かれた簀（す）の子（こ）に下り立ち、下足棚に置いていた自分の下駄を取った。

道具箱を手にした小梅も、お園のそれと並んでいた自分の下駄を取って、鼻緒に

指を通す。

「表は混み合いますから、こっちへ」

低いがはっきりとした声を向けたお園は、通り土間を裏手へと向かい、土間の横手の一枚障子の嵌った戸を開けて、小梅を建物の脇の小路へと誘い出した。

「表へ回りましょう」

言われるままに、小梅はお園に続いて表へと足を向けた。

建物の中からは、さらに激しい客たちの怒号や物の壊れる音が聞こえている。

料理屋『東雲亭』の表に回ると、逃げ出した客たちが通りがかりの者たちに交じって火事騒ぎの成り行きに眼を凝らしていた。

「小梅さん、あれを」

お園が指をさした方を見ると、五十絡みの男に先導されて表に出て来た油堀の猫助の顔があった。

「猫助を連れ出したのが、『東雲亭』の主の友次郎です」

お園は『東雲亭』に眼を向けたまま、険しい声で言った。そして、油堀の猫助が『東雲亭』に招かれて行くと知ったので、小梅に見せようと昼餉に誘ったのだとも打ち明けた。

「それじゃ」

小梅が低く問いかけたとき、

「『東雲亭』のお客様、お騒がせしてすみません。火事ではございませんでした。安心してお戻りくださいまし」

出入り口に立った奉公人が、四方に向けて大声を張り上げた。

すると、猫助は友次郎に促されて真っ先に『東雲亭』の中に入って行く。

外に退避していた客たちも中に戻り、野次馬が去っても、小梅とお園は駒形堂の西側に立ち尽くしている。

「浅草黒船町の料理屋『錦松』に、奢侈禁止に背くという科で役人の手が入ったのは、誰かの差し金だと思っていたんですよ」

お園が静かに口を開いた。

『錦松』は、小梅が月琴を教え、お園が髪を結っていた利世という娘の実家である。

利世の父親は召し捕られた上に『闕所』の刑となり、繁盛していた料理屋『錦松』は、一夜にして潰えたのが昨年の十月だった。

それを境に、評判の良かった『錦松』の後塵を拝していた料理屋『東雲亭』が、瞬く間に有卦に入ったのだ。

「油堀の猫助は、博徒でもありますけど、前にもお話ししたように、金ずくで悪事の片棒を担ぐという噂もあります。そんな猫助が、『東雲亭』の主人に招かれるほど親しいというのを、あなたに見せたかったんですよ。わたしはね、小梅さん。猫助は子分だった『賽の目の銀二』に命じて『錦松』に通わせたうえに、持ち込んだ奢侈品の数々を店の中に隠し、その挙句、密告して『錦松』に役人の手が入るように仕向けたんだと思っています」

「だけど猫助は、一年半も前に銀二を追い出したと言っていたけどね」

「そりゃ嘘に決まってます」

即座に打ち消したお園は、

「いつか謀が知れた時の用心に、猫助は親分子分の縁を切ったことにしたんですよ」

とまで断じた。

「もしそうだとしても、その『賽の目の銀二』は殺されて大川に浮かんだし、『錦松』の一件を明かす手立てはないんだよ。悔しいけど」

小梅の口からは、弱音が洩れた。

目明かしでもなく、ましてや奉行所の同心でもない一介の灸師ごときに、ことの真相を探り出す力などないことが、いささか悔しい。

「わたしは、世の中の裏に隠されたことを探る自信があります。それに加えて、小梅さんの度胸と顔の広さと棒術の腕を貸してもらえれば、悪を追い詰められると思いますけどね」

「悪というと」

「女髪結いや芝居を、奢侈禁止令に背くなどと、目くじらを立てている張本ですよ」

お園は小梅の眼を見て答えた。

「それは、断りましょう。わたしには、灸を据えて食べさせていかなきゃならない、うるさい親がいますからね」

軽く会釈をすると、小梅は浅草御蔵の方に向けて歩み出した。

『駒形どぜう』の前を過ぎ、諏訪社の別当、修善院の門前を通りかかった時、何気なく境内に眼を向けた小梅は、ふと足を止めた。

山伏姿の男と、薄汚れた墨染の衣をまとった大道芸人と思しき二人連れが、境内の立木の脇に座り込んでいる姿があった。

墨染の男は鉦を手にしており、山伏は古びた銅鑼を、投げ出した足の上に置いている。料理屋『東雲亭』で「火事だ」と声が上がり、銅鑼と鉦が鳴り響いたことを思い出すと、小梅は丁字路の角にある天水桶の陰に身を潜めた。

ほどなくして、先刻別れたばかりのお園がやって来て、諏訪社の境内に入った。

天水桶から覗き見ている小梅の眼に、銅鑼と鉦を持った二人の男に近づいたお園が、額は不明ながら、銭金を手渡す様子が見て取れた。

『油堀の猫助』と料理屋『東雲亭』の主人を部屋から表に追い出して、小梅に見せようとお園が仕組んだ火事騒ぎだったのかもしれない。

五

二日前の朝、日本橋高砂町界隈には雪が降ったのだが、薄く積もった雪は、日が昇るとすぐに消えた。

その後は穏やかな陽気が続いている。

明日で松が取れるという、正月七日である。

『灸据所　薬師庵』には、朝から通い療治の常連たちが次から次へとやって来た。

照降町の傘屋の主人の茂平は、隣りの菓子屋の栗饅頭を年賀と称して持参し、通油町の菓子屋の作兵衛は、羊羹を手土産にして来たので、お寅は朝から相好を崩しっぱなしだった。

九つ（正午頃）まであと半刻（約一時間）という頃おいになってやっと客が途切れた。療治を待つ客の控え場となる居間では小梅が茶を淹れ、療治の後も居残っていたお菅が、長火鉢を挟んでお寅と向かい合って、貰い物の羊羹を頰ばっている。

「お茶は濃くしたから」

小梅は、湯呑に注いだ茶をお菅の前に置くと、続いてお寅と自分の前に置いた。

「そうだ、思い出したよ」

羊羹を飲み込んだお菅が、湯呑に伸ばしかけた右手で虚空を叩くと、

「いえね、二日の日に神田明神下の、死んだ亭主とは古い付き合いのある家に新年

の挨拶に行った帰りだよ」

難波町裏河岸の長屋に向かっていたお菅が、『玄治店』を通り抜けようとしたところ、囲われ女のお玉の家から、男が出て来たのだと密やかに口を開いた。

「瀬戸物屋の旦那じゃないのかい」

お寅が口を挟むと、

「それが違って、ほら、去年の十一月の末に、旦那の女房と家に押しかけて来た倅がいたじゃないか。二日の五つ時分(八時頃)にあたしが見たのは、その倅だったんだよ」

「暗がりだったから、見間違いってこともある」

「あの日は月が出てたから間違いないよ」

お菅はお寅に向かって口を尖らせた。

「てことは、卯之吉さんだね」

小梅が名を口にすると、

「お前がなんで倅の名を知ってるんだい」

聞きとがめたお寅が、鋭い眼を向けた。

「お玉さんを囲ってる旦那の女房が『玄冶店』に押しかけて騒ぎを起こした十一月の末、連れて来てた倅を卯之吉って呼んだのを忘れたのかい」

「小梅ちゃんの言う通り、それはあたしも聞いたし、お寅さんだって」

お菅が相槌を打つと、

「分かったよ。それで」

不機嫌な声を上げたお寅は、小梅に顎を向けて、話の続きを促す。

「その日、女房が、お玉さんの持ち物は亭主が買い与えた物に違いないとか喚いて、いろいろなものを奪い取って行ったのはおっ母さんも見てただろう」

「見た」

お寅が返答すると、お菅も大きく相槌を打った。

「それから何日かして、足や腰を痛めたお玉さんに頼まれて、『玄冶店』に出療治に行ったことがあったじゃないか」

「うん」

少し思案して、お寅は頷く。

「その時、お玉さんの家に倅の卯之吉さんが現れたことがあったんだよ」

「ほんとかい」

口を挟んだのはお菅だった。

小梅は黙って頷くと、

「すると卯之吉さんは殊勝にも、家の中に押し込んだ非礼をお玉さんに詫びたうえに、母親が奪い取って行った品々を持って来て、返したんだよ。それからまた別の日に来た時なんか、お玉さんを囲っていることを母親に気付かれた父親を盛んに責めていたね。つまりさ、女を囲う男なら、周りの者を気遣ったり、誠を尽くしたりしなきゃならないとかなんとか言ってさ。だからその夜も、おっ母さんが持ち出していた物を見つけて、返しに来てたんじゃないのかねぇ」

そんな憶測を口にしたが、

「あの夜の二人の様子は、そんなものじゃなかった」

お菅は言い切った。

「じゃ、なんだい」

お寅が、声を低めた。

「だってさ、戸口に見送りに出たお玉さんの右手が、そっと倅の袖口を摑んでたんだよ。まだ帰したくないとでもいうようにさぁ」

「まさか」

思わず言葉が小梅の口を衝いて出た。

「まさかなんだい」

お寅に問われた小梅は、

「いや」

と口にした。

するとすぐ、お寅が、

「父親が囲ってる女の前で、父親は不実だと責め立てる倅の心情を知れば、お玉さんにしたら、頼り甲斐のある男に見えるかもしれないしさぁ」

お玉の心の奥を推し量る言葉を、芝居じみて秘めやかに口にすると、その場の三人は思いを巡らせでもするように黙り込んだ。

「ごめんなさいまし」

表から、いきなり男の声が届いて、

「はい」

居間の三人は期せずして声を揃えた。

「両国西広小路、下柳原同朋町の料理屋『壱弦』の者ですが、小梅さんはおいででしょうか」

「ただいま」

声を張って返答した小梅は、急ぎ居間を出ると、三和土の下駄をつっかけて戸を開けた。

「小梅はわたしですが」

戸口に立っていたお店者と思しき男に名乗ると、

「深川の材木問屋『木島屋』さんから、今日の九つ半（一時頃）に、わたしどもの『壱弦』へお出でいただいて、昼餉を差し上げたいとのことですが」

男は丁寧に用件を述べた。

小三郎の行方を追う小梅に気分を害していた『木島屋』の甚兵衛が、どうして昼餉に招くのかと、いささか不審ではある。

とはいえ、事が進展しない今、相手の誘いに乗ってみるのも手かもしれない。

ほんの一瞬で迷いを吹っ切った小梅は、使いの男に、「伺う」と返事をした。

九つ（正午頃）の鐘が鳴ってから半刻（約一時間）が経った頃合いをみて、小梅は『壱弦』に足を踏み入れた。

両国の料理屋に招かれて行くから昼餉は一人で摂るようにと言うと、案の定お寅はむくれた。

相手は誰かと聞かれた小梅は、『木島屋』との関わりを言うのを憚り、曖昧に誤魔化したのだが、かえってしつこく食い下がられて、閉口してしまった。

なんとか言い逃れて早めに高砂町の家を出ると、刻限まで四半刻（約三十分）以上も前に両国広小路に着いていた。

着くとすぐ、料理屋『壱弦』のある場所を確かめ、その周辺を見て回り、油堀の猫助の手下が潜んでいないかを探ったが、その気配はなかった。

神田川に架かる浅草橋を渡った先には、佐次が船頭を務める船宿があるから、何か事が起こったら頼れると思うと、心強い。

刻限が来るまで浅草御門の陰に佇んだ小梅は、若い手代を一人連れただけの甚兵衛が現れたのを確かめた後、おもむろに『壱弦』の暖簾を潜ったのだった。

六

老女中の案内で通されたのは、料理屋『壱弦』の二階の八畳間だった。

既に座っていた甚兵衛の前に小梅が着くと、若い女中二人がてきぱきと昼餉の膳を運び入れる。

「この時季窓を開けますと冷たい川風が入りますけれども、春から夏には、神田川とその先の柳橋の趣のある景色が見えるんですがねぇ」

案内に立った老女中はそう言いながら茶を淹れて、小梅と甚兵衛の膳に載せ、

「なにか御用があれば、お声を」

そう言い置いて、お運びの女中たちとともに部屋を出て行った。

その直後、甚兵衛がいきなり膳の横に動いて、小梅に対して両手を突いた。

「先だっては、小三郎の行方を尋ねて来たあなた様に無礼なことを申し上げ、まことに申し訳ありませんでした。仕事のことやらなにやら、頭の痛いことが重なっておりまして、つい、声を荒らげてしまった次第で」

「わたしも、甚兵衛さんの頭を痛めさせたうちの一人ですかね」

小梅は努めて穏やかに口を利いたが、顔を上げた甚兵衛は〈何の事か〉とでもいうように、眉間に皺を寄せた。

「先月のことですが、深川におびき出されたわたしは、油堀の猫助の子分たちに刃物を向けられましたので問い詰めたら、『木島屋』の旦那に頼まれたというようなことを口にしてましたが」

小梅は穏やかな物言いで続けた。

すると、ほんの少し思案を巡らせた甚兵衛は、

「わたしは何も、殺せなどと言った覚えはありませんよ。さっきも言ったように、いろいろなことが重なって、困ったもんだぐらいのことを口にしたのを、傍にいた猫助がどう聞き間違えたのか、とんでもないことを子分に命じたのかもしれませんな」

そう言うと、小首を傾げた。

「そりゃ、よく気の利く、いい知り合いをお持ちだ」

笑みを浮かべた小梅は、感心したような声を上げた。

「わたしを疑いながら、どうしてここへお出でになりましたので？」

甚兵衛は皮肉にも動じる気配はなく、小梅を正視して尋ねる。

「わたしの知らないことを、いろいろと知っておいでのような気がしまして」

「さぁ、どうでしょう」

首を傾げながら小梅の前に膝を進めた甚兵衛は、膳に載っていた徳利を摘まむと、

「まずは一献」

盃を取って持たせようとする。

「わたしは、手酌が流儀ですので」

小梅は、甚兵衛が差し出した盃に掌で蓋をした。

小さく笑みを浮かべた甚兵衛は、自分の膳に戻ると、

「箸をつけましょうか」

箸を取って、食べ始めた。

「いただきます」

小梅も膳のものに箸を伸ばす。

閉め切られた障子の外から、場所柄らしく、川を行く船の櫓（ろ）の音が長閑（のどか）に届いた。

「あなた様が、うちの手代をしていた小三郎をお捜しになるわけというのをお聞かせ願えませんか」

しばらく食べ進んだところで、甚兵衛が口を開いた。

「前にも話したことかもしれませんが、恋仲だった中村座の大部屋役者の坂東吉太郎に近づいたわけを聞こうと思いまして」

「小三郎が近づきましたので？」

「近づいたのは、才次郎と名乗った京扇子屋ですがね」

「でしたら、別人でしょう」

甚兵衛は、満面に笑みを浮かべて小梅を見た。

「吉太郎から聞いた話だと、才次郎の耳の下には黒子があったそうです。その同じ場所に黒子のあったのが、以前、甚兵衛さんに言いつけられたといって、わたしに草鞋（わらじ）代を手渡そうとした手代の小三郎さんなんですよ」

小梅が事を分けて話すと、甚兵衛は箸を置き、

「それで、その小三郎は見つかりましたか」

「そんなことを、よくもまぁ口になさいますね」

ふふふと、声に出して笑い声を上げた小梅は、

「雇い主の『木島屋』さんでさえ、小三郎さんの生国が下野というだけで、それ以上の詳しい生まれ在所をご存じじゃないというのに、他人のわたしが捜し出せるはずがないじゃありませんか」

笑みを消して甚兵衛を正視した。

眼を逸らした甚兵衛は、膳の徳利に手を伸ばし、自分の盃に酒を注ぐと、

「ですが、あなた様は、人を二人も使って、小三郎のことなどを探っておいでのようですな」

小梅を見もせず、盃を口に運んだ。

「わたしがですか」

「なんでも、うちに奉公人を世話してくれていた口入れ屋まで訪ねて、小三郎の行方を聞いたということですが」

「誰の話です」

「年の行った、四十過ぎの男だったそうですがね」

甚兵衛の口から出た四十過ぎの男については、心当たりがあった。

小梅の恋仲だった清七がなぜ殺されたのかを調べるために、治郎兵衛が集めた昔の知り合いという男の一人かもしれなかった。

その男が訪ねた口入れ屋は、去年の芝居町の火事で焼け出され、新たに神田で同じ商売を始めているようだが、小三郎をはじめ、以前世話をした者たちの身元の分かる書付は残っていなかったようだと、甚兵衛は小梅に告げた。

甚兵衛はさらに、口入れ屋に現れた男はもう一人と手分けして、『木島屋』のある深川は言うに及ばず、付き合いのある同業の材木問屋、馴染みの料理屋や懇意にしている大名家、旗本の家にまで探りを入れているようだとも口にして、不快感を露わにした。

「甚兵衛さん、買いかぶってもらっちゃ困ります。わたしには、人を雇って動かすような力もお金も、ありませんよ」

笑み混じりで静かに返答すると、甚兵衛は鋭い眼差しを小梅に向けた。

「なにか」

小梅も笑顔を消して問いかけると、

「いえ」

甚兵衛は取り繕うように、笑みを浮かべた。

料理屋『壱弦』の出入り口の土間に下りた小梅は、

「本日はご馳走になりまして」

框に立っている甚兵衛に頭を下げて、神田川に面した通りへと出た。

出るとすぐ浅草御門へと足早に進み、小梅は建物の陰に身を潜めて『壱弦』の表を窺う。

ひょっとすると、油堀の猫助が現れるのではないかと思ったのだが、ほどなく姿を現した甚兵衛は、来る時に伴っていた手代一人を従えていた。

甚兵衛と手代は、川沿いの道を大川の方へと歩き出し、やがて、神田川に架かる柳橋をゆっくりと北側に渡り始めた。

深川の『木島屋』に戻るのではなさそうである。

どこへ行くのか確かめてみようと、小梅は急ぎ浅草橋を渡った。

神田川の北岸に先回りした小梅は、柳橋を渡り終えた甚兵衛と手代が浅草下平(しもへい)右衛門(えもん)町の大川端に向かったのを見て、そっと尾けた。

佐次が船頭を務める船宿『玉井屋』など、軒を連ねた三軒の船宿の船着き場がある川端に、甚兵衛と手代は立った。

甚兵衛は岸辺に手代を残して、竹竿の先に『鶴清楼（かくせいろう）』と書かれた幟（のぼり）のある桟橋に足を進めると、係留されていた一艘の屋根船に声を掛けて障子を開け、中に一礼してから船の中に入り込んだ。

川端にいた手代は、甚兵衛の姿が屋根船の中に消えると、軽く辞儀をしてその場を去って行く。

すると、甚兵衛が乗り込んだ屋根船が、舳先（へさき）と艫（とも）に立った二人の船頭によってゆっくりと桟橋を離れて行くのが見えた。

小梅は咄嗟に駆け出すと、二軒先にある船宿『玉井屋』へと向かう。

「小梅さんじゃないか」

『玉井屋』の裏口の戸に手を掛けた時、背後から聞き覚えのある佐次の声がした。

箒（ほうき）を手にした佐次が、『玉井屋』の桟橋に係留されている屋根船の舷（ふなばた）から、訝（いぶか）るように首を伸ばしていた。

「ちょっと聞きたいんだけどね。この向こうの、『鶴清楼』の屋根船が大川に出て行ったんだけど、乗っていた客の名を知ることは出来ないかね」

小梅は一気に畳みかけたが、

「そりゃ、無理だよ。おれが『鶴清楼』さんに聞いても教えちゃくれないね」

佐次は小さく首を横に振った。

「佐次さんが尋ねても？」

「いくら顔見知りの船頭でも、おれには教えちゃくれないし、おれだって、聞くわけにはいかないよ。それが、客を相手にする船乗りの仁義立てっていうもんだからさ」

佐次の言うことに大きく頷いて、小梅は追及するのを諦めた。

七

早朝の日本橋川の川面から靄が立ち昇っている。

鎧河岸から渡し船に乗り込んだ小梅は、目と鼻の先に見える茅場河岸の船着き場を睨むように見ていた。

「南茅場町の山王御旅所に『からす天狗』が盗み取ったものが晒されてるらしいぜ」

『灸据所　薬師庵』の表を掃いていた小梅に白い息を吐いて教えると、同じ町内の大工は担いだ道具箱を鳴らしながら、浜町堀の方へ足早に去って行った。

小梅はすぐさま、台所の竈で火を熾していたお寅に声を掛けて、鎧ノ渡へと走ったのだった。

両国の料理屋で甚兵衛と会ってから二日が経った朝の六つ（六時頃）時分である。

小梅が目指した山王御旅所は、奉行所の与力や同心の役宅が立ち並ぶ八丁堀の北側、南茅場町にあった。

鳥居を潜って御旅所の敷地内に入ると、小梅は、人だかりのしている拝殿の方へ駆け出した。

拝殿の前の、葉の落ちた二本の高木の根元周辺に集まっていたのは、仕事に出かける職人や担ぎ商いの者、それに近所の住人が十人ばかりだった。

それらが口々に、高木に掛けられた梯子を上っていく若い衆に声を掛けている。

高木の太い幹から張り出した枝には、紐で吊るされた櫛や笄、銀の簪などが小さく揺れていて、その横には、二つに折られた書付まで下げられていた。

それには例のごとく、晒した品々を返してやってほしいという『からす天狗』の言い分と、盗み取った先の名が書き記されているに違いない。

「おい、その書付を読んでみろ」

見物人から声が掛かると、梯子に乗った若い衆は手を伸ばして書付を取り、文面に眼を通す。

「おい、黙ってねぇで読んでみろ」

という声が飛ぶとすぐ、

「兄さん、読めねぇのかよ」

と見物人から声が掛かった。

「おれが嚙み砕いて話してやるから、よおく聞きやがれっ」

梯子に乗った若い衆は啖呵を切って睨みつけ、

「ここに並べた浜千鳥をあしらった漆塗りに螺鈿(らでん)の櫛、鼈甲(べっこう)と銀の簪二本は、南町奉行、鳥居耀蔵の下谷練塀小路の屋敷に押し入り、ご妻女お登与(とよ)様の寝所より盗み取ったものなれど、あまりにも高価な品ゆえに、やはりいつも通り持ち主の鳥居耀蔵にお返しする。そして最後に、恐惶謹言ともあって、この通り、ご丁寧に黒い烏の絵も描いてあるんだぜっ」

読んだ書付の文面を広げて見せると、見物人からどっと歓声が上がり、

「鳥居家から盗ったものを、御旅所の鳥居近くにぶら下げるたぁ、洒落が利いてるじゃねぇか」

そんな男の声には笑い声も起きた。

「何をしておるかっ」

境内の寒気を切り裂くような声が響き渡ると、

「我らは寺社奉行所配下である。者ども、散れ散れっ。梯子を下りろっ」

駆けつけた武士や捕り手など十人ほどの男たちが、十手や六尺棒を振り回して見物人たちを拝殿前から追い払い始めた。

その有様を見ていた小梅は、腹立たしさを覚えて、急ぎその場を後にした。

京橋の北詰に近い具足町に出療治に行った小梅が帰途に就いたのは、八つ（二時頃）の鐘が打ち終わったばかりという時分である。

東海道の起点である日本橋を渡って右へ折れ、魚河岸を通り抜けて堀江町入堀へ向かうつもりだった。

日本橋から京橋へと延びている大通りは、昼を過ぎてもいつものように賑わっていた。

しかし、日本橋に近づくにつれ、いつもの賑わいとは違って、どよめきや歓声、それに笑い声などが諸方から沸き上がっている。

「ヤレヤレ、帰命頂礼どら如来、ヤレヤレヤレ」

始まりの文句を口にした『ちょぼくれ』が語り出したのは、どうやら、南町奉行の鳥居耀蔵の屋敷から盗まれた髪飾りが、今朝早く、山王御旅所に晒された一件のようである。

ひとつ先の辻では、木の枝で作った十手らしきものを手にした男が、縄を掛けて座らせた男との問答で客を笑わせている。

十手らしきものを手にしているのは目明かしで、縄を掛けられているのは盗人役の『二人芝居』の大道芸人だった。

立ち止まって聞いていると、盗人役の男は、鳥居耀蔵屋敷に忍び込んで捕まり、目明かしの詮議を受けているという一場面だと思われる。

「お奉行の屋敷にどうやって入ったのか」

目明かしが問うと、盗人は、

「武家屋敷へ忍び込むのは簡単簡単」

と言い切る。そして、見つかった時はどうするのかと問う目明かしに、

「鳥居家に養子となられた耀蔵様へ、実家の林家から参った使いの者ですとでも言えば、怪しまれることはねぇのよ」

盗人の返答に、「なるほど」という声が見物から上がる。

小梅は、今朝起きた出来事が、その日の午後には世間に広まっていることに驚きながら歩を進める。

人の口には戸を立てられないというのは真実なのだろう。

『歌説教』や『祭文語り』『辻講釈』もいれば、『辻浄瑠璃』に『願人坊主』など様々な大道芸人たちが江戸中を歩き回ると、噂などあっという間に広がるに違いあるまい。

「待たねぇか」

大声がすると、日本橋の方で紙の束が空に向かって放り投げられ、「なんだなんだ！」とか「痛ぇじゃねぇか！」などという怒号が飛び交い、人の流れが左右に割れた。

すると、

「おかしな読売をばら撒きやがって！」

そう喚いて追いかける目明かしと思しき二人の男から逃げるようにして、尻っ端折りの男が小梅の行く手に迫って来た。

小梅は咄嗟に辻の角に入り込んで道を空けると、逃げる男もその角を曲がって来たではないか。

「吉松」

曲がって来た男の顔を見た小梅は、声を上げた。

「話はあとあと！」

小梅にちらりと眼を遣った吉松は、早口でそう言うと、懐から取り出した読売を放り上げて駆け去る。

「こっちだ」

声が上がったその直後、角を曲がって現れた二人の目明かしが、袴の浪人が突き出した足先に自分の足を引っ掛けてたたらを踏むと、「あぁ！」と声を上げて路上に転がった。

「式さん」

小梅が足先を出した浪人に声を掛けると、気づいた式伊十郎は、軽く手を上げ、小走りでその場を離れて行く。

「逃げた読売が、わたしの知り合いと知ったうえで、助けたんで？」

小梅は、楓川に架かる海賊橋の袂で伊十郎に追いつくと、声を掛けた。

「いや、知らん。十手持ちに追われていたから助けようと思ったまでのことで」

足を止めた伊十郎は、

「そうかぁ、知り合いとはな」

そう答えて、ふうと大きく息を継いだ。

八

高木に囲まれた山王御旅所の境内は、西日も射さず翳(かげ)っていた。今朝、同じ場所で騒ぎがあったことなどなかったかのように静まり返っている。

「ほほう。あの裸樹の枝にね」

伊十郎が、盗品の晒されていた木の枝を見上げて呟くと、

「ええ」

脇に立っていた小梅が応えた。

日本橋高砂町へ戻る小梅は、茅場河岸から鎧ノ渡で小網町へ向かうのが近い。深川へ戻るという伊十郎は、南茅場町を通って永代橋を渡る道を取るというので、途中にある御旅所に寄ることにしたのである。

「しかし、『からす天狗』は虎の尾を踏んでしまったねぇ」

見上げていた伊十郎の口から、ため息混じりの声が洩れた。

「虎の尾というと」

「鳥居耀蔵の尻尾だよ」

そう呟くと、伊十郎が小さくふうと息を吐き、

「『からす天狗』はただじゃ済むまい。盗人に屋敷に入られ、奢侈禁止を謳う南町奉行が虚仮にされたんだ。さらに牙を剝くことになるな。恐ろしい男だからね、鳥居は」

「式さん」

小梅が声を掛けたが、伊十郎は聞こえなかったのか、

「目付や勝手掛として老中の水野様の改革を推し進めていたのが鳥居耀蔵なんだよ」

御政道について話し始めた。

南町奉行の矢部定謙が、改革に邁進する老中水野の厳しい取り組みに危惧を抱いていると知った改革派は、矢部に関する根も葉もない作り話を流して陥れ、奉行職から失脚させた。しかも、その後任として南町奉行の座に就いたのが、鳥居耀蔵だという。

「それが、二年前のことだよ。その後、矢部様は改易となり、所領や家屋敷も没収

されたうえに、伊勢桑名藩に押し込められる身となられ、遂には、自ら絶食して、殿は空腹のまま、怒りを抱えて、憤死なされ――」

そこまで口にしたところで、伊十郎は言葉を呑み込んだ。

「殿って――」

小梅が呟くように不審を洩らすと、

「改易となるまで、おれは、矢部家に仕えていたんだよ」

伊十郎は小声で打ち明け、

「いつだったか、深川の居酒屋で、大森という北町の同心が入って来た時は、思わず顔を背けてしまった。時に、殿に従って北町奉行所に行くこともあって、顔を見知っていたからね」

苦笑いを洩らした。

「それじゃ、鳥居耀蔵を付け狙っているんですか」

「憎い敵ではあるが、斬り殺そうとは思わない。ただ、何か筋の通らぬことをしでかしたら、その時は立ちはだかってやろうという覚悟はある。それが、亡き殿へのご恩に報いることだと思うゆえな」

伊十郎の言葉は静かだったが、揺るぎのない意志が滲み出ていた。

九

永代橋を深川へと急ぐ小梅の顔に寒風が当たり、切れるように痛い。

東の空に赤みが射しているから、もう少しで日が昇る頃おいだろう。

「深川の材木問屋『木島屋』と油堀の猫助っていう博徒の家で、むごたらしい人殺しがあったそうだ」

と、何度か灸を据えに来たことのある車曳きの男が『灸据所　薬師庵』に知らせたのは、小梅が表を掃いていた時だった。

山王御旅所に盗品が晒されてから二日が過ぎていた。

永代橋を渡った小梅は、一目散に油堀の猫助の家を目指す。

何度も通った道だから、迷うことはなかった。

深川平野町の猫助の家の前には人だかりがしており、目明かしや下っ引き、町内の若い衆たちに交じって、栄吉も野次馬を遠ざけようとしている。

「親分の猫助ってのと子分が二人、一刀のもとに斬り殺されてるよ」

小梅に気付いて近づいて来た栄吉が、押し返すふりをしながら、耳元で囁き、

「そのほかの子分どもは、どこかに消えてる。大方、逃げたんだろうぜ」

そう付け加えた。

小梅は礼を言う代わりに頷くと、平野町を離れて材木町の『木島屋』へと足を向けた。

平野町からわずかに一町（約一一〇メートル）ほどしか離れていない『木島屋』の前にも人だかりがしていて、同心や目明かし、奉行所の小者たちが動き回っている。

大森の姿を見つけたが、近づいて話を聞けるようなありさまではない。

「やっぱり来ましたね」

小さく声を掛けて、小梅の横に伊十郎が立った。

「どんな様子かご存じですか」

声を低めて問いかけると、

「役人たちが来る前に中を覗いてみましたが、血の海です」

伊十郎は感情を殺して答えた。

「死んだのは誰なんです？」

「主の甚兵衛と、年増女が、布団の上でむごたらしく——役人が、仕事にやって来た奉公人たちに問い質している話から察するに、殺された女は、昨日から来ていた甚兵衛の情婦らしい」

伊十郎は依然として抑揚のない声を出した。

博徒の油堀の猫助なら、裏の世界の事情から命を狙われることもあるだろう。だが、材木問屋『木島屋』の主まで時を同じくして殺されたことに、小梅は愕然とした。

一昨年の十月、中村座が火元となった大火事には自分も関わっていたのではないかと気に病んでいた恋仲の清七は、火事の裏に潜む謎を探ろうとして殺されたに違いないと小梅は推測していた。

芝居町を焼いた大火事の裏でうごめいていたようだと、狙いを定めていた『木島屋』と『油堀の猫助』があっけなく殺されたことで、驚きとともに戸惑いを覚えた。

二人の向こうには、もっと深い闇が横たわっているのかもしれない——そこまで思い至って、小梅は小さく息を呑んだ。

「ご浪人、いつぞや深川の居酒屋『三春屋』で見かけたお人だね」

いつの間にか近づいていた大森平助が、伊十郎に声を掛けた。

小梅は会釈をしたが、大森は応えず、

「ご浪人、腰のものを改めさせていただけませんかね」

静かだが、有無を言わさぬような鋭い眼を伊十郎に向けた。

「大森様」

真意を聞こうと小梅が声を発すると、

「構いませんよ」

伊十郎は特に構えることもなく、腰に差した刀を鞘ごと抜いて大森に差し出した。

受け取った大森は、すぐに刀身を引き抜いて刃や切先に眼を向けた。

「『木島屋』と油堀の猫助を押し込んで斬り殺したのは、どうも、たった一人の剣の使い手なんですよ。しかも、どの死体も一刀のもとに仕留めているほどの手練れでしてね」

軽やかに口を利きながらも、大森の眼は鋭く刀身を睨んでいる。

「殺した者は、往々にしてその場の様子を見に戻るといいますが、この刀に血の痕はありませんね」

笑みを浮かべた大森は刀身を鞘に納めると、

「なかなかの業物（わざもの）ですな」

伊十郎の前に刀を差し出した。

「亡き主の形見でござる」

静かに返答した伊十郎は、受け取った刀を己の腰に差すと、

「では、わたしはこれで」

小梅と大森に会釈をして、ゆっくりとその場を離れて行く。

伊十郎を見送った小梅は、

「わたしもこれで」

大森に声を掛けて、踵を返した。

油堀河岸を大川の方に向かいかけた時、野次馬に紛れていたお園の姿に眼を留めた。

するとお園も小梅に気付いたらしく、人垣から離れて近づいて来ると、小さく頭

を下げた。

「いい加減、盗品を晒すのはやめてもらいたいんだけどね」

小梅は、非難じみた物言いをし、鳥居耀蔵の屋敷へ押し入ったのは無謀だと断じた。

「わたしが探りを入れていた『木島屋』の甚兵衛が殺されたのも、『からす天狗』に盗まれたものを、名指しで晒されたせいかもしれないんだ。お前さんに暴れられると、役人の取り締まりが厳しくなるし、こっちの動きにも差し障りが出る恐れがあるんだよ」

小梅が詰ると、

「わたしには、人様のことまで思い遣るゆとりはありませんでね」

お園は顔色一つ変えずに言い返した。

特段、棘のある声ではなかったものの、他を寄せ付けない頑なさが窺えた。

「では」

お園は小声で辞去の挨拶をすると、小梅に背を向けてゆっくりと歩き去り、行く手の小路へと姿を消した。

十

日本橋高砂町一帯に、昼過ぎから粉雪が舞い始めた。

家並みが霞むような激しい降り方ではなく、文字通り舞うように降り続けている。

傘も持たずに『灸据所　薬師庵』を出た小梅は、三光新道の辻を左へと曲がった。

「治郎兵衛とっつぁんが、小梅さんがいたら呼び出してもらいたいと言ってますが」

『薬師庵』にやって来た金助が言付けを伝えたのは、昼餉を摂り終えた直後の四半刻前だった。

「とっつぁんは『三光稲荷』で待ってますが、小梅さんが留守だったらおれが知らせに戻ることになってました」

「すぐに行くから、金助さんは仕事にお行きよ」

小梅は金助にそう言うと『薬師庵』を出たのだ。

『三光稲荷』の境内に足を踏み入れると、治郎兵衛は祠の庇の下にある縁に腰掛けていた。

「昼からは出療治が多いから、無理かと思ったが」

治郎兵衛が、気遣いを見せると、

「どうか、お気遣いなく。今日の出療治はなかったし、幸いなことに、おっ母さんも居ませんでしたから、出かけるわけも聞かれずに済みました」

小梅は、笑みを浮かべた。

お寅は昼餉の後、幼馴染みの誘いを受けて甘味処に出かけたので、少なくとも一刻（約二時間）は戻ることはなく、『薬師庵』を空けるには都合がよかった。

「『薬師庵』を空にしてよかったのかい」

「戸口には休みの札を掛けたし、隣りの茶の湯の老師匠に家を空けると言っておきましたから」

小梅は、治郎兵衛の気遣いに応えると、

「治郎兵衛さんの昔の知り合いの人たちが、いろいろ調べ回っているということを、この前、『木島屋』の主人から聞いたばかりでした。ありがとう」

深々と頭を下げた。

「その『木島屋』と『油堀の猫助』が何者かに斬り殺されたねぇ」

治郎兵衛が口にした一件は、三日前のことだった。

「才次郎こと小三郎探しは、ひょっとすると、暗礁に乗り上げるってことにもなりかねないよ」

治郎兵衛の弱音に、小梅は言葉もない。

「ただ、小三郎が『木島屋』で手代をしていたことは、わたしらはちゃんと摑んでるよ。顔に火傷の痕のある清七さんと思える男が、『木島屋』を訪ねたってことも近所の連中に聞いて分かってるんだが、その後の、小三郎の消息がぷつりと途絶えた。どこを探っても、影もかたちもない」

そこで小さく吐息をつくと、

「これは、小三郎を守ろうとする者が、その痕跡を懸命に消しているようにも思えるね。『木島屋』殺しも『油堀の猫助』殺しも、そのことに関わりがあるような気がする」

「だけど、治郎兵衛さん。小三郎ってのは、それほど大事な男なんだろうか」

「さぁ。それがどうも分からねぇ。ただ、なんだか、得体のしれない大きな力が働いているような、なんとも言いようのない気配がね」

治郎兵衛はそこで言葉を切った。

「それは——」

言いかけて、小梅は口を噤んだ。

降る雪を見上げた治郎兵衛の眼に凄みのような鋭さを見て、「それは何者なのか」と出かかった言葉を、呑み込んでしまった。

得体のしれない大きな力——小梅の耳に、治郎兵衛の言葉が不気味に蘇る。

降り続く雪が、境内の地面をほんの少し白くしていた。

本書は書き下ろしです。

小梅のとっちめ灸

(二)からす天狗

金子成人

令和4年12月10日　初版発行

発行人――石原正康
編集人――高部真人
発行所――株式会社幻冬舎
〒151-0051東京都渋谷区千駄ヶ谷4-9-7
電話　03(5411)6222(営業)
　　　03(5411)6211(編集)
公式HP　https://www.gentosha.co.jp/
印刷・製本―株式会社 光邦
装丁者――高橋雅之

幻冬舎時代小説文庫

ISBN978-4-344-43251-2　C0193　か-48-6

この本に関するご意見・ご感想は、下記アンケートフォームからお寄せください。
https://www.gentosha.co.jp/e/